한국 희곡 명작선 152

아지매로맨스 -'新영자의 전성시대'

한국 희곡 명작선 152

아지매로맨스

-'新영자의 전성시대'

국민성

평민사

국민성

아지매 로맨스 : 新영자의 전성시대.

등장인물

강영자(50대) : 노처녀 아지매. 시장에서 〈영자수산〉 운영. '영원한 친구' 계모임 회장. 애창곡은 '처녀뱃사공', 유일한 사치는 EBS 세계의 명화 보기. 최애 영화는 〈여인의 향기〉

장영자(50대) : 별거 중인 아지매. 시장에서 전 가게 〈쩐사랑〉 운영. 강영자 절친. '영원한 친구' 계모임 회원.

조영자(50대) : 이혼한 아지매. 〈천지과일〉 가게 주인. 세가 나가지 않아 마지못해 직접 운영 중. 강영자 고등학교 동기. 전문대 졸업이 자부심. '영원한 친구' 계모임 회원. 자칭 시장 최강미모.

찰스(50대) : 철수. 카페 '여인의 향기' 주인. 강영자와는 고등학교까지 동기. 강영자의 첫사랑.

태준(42) : 강영자가 엄마처럼 생각하는 순이 아지매의 아들. 늦게 까지 방황하다 엄마가 병든 후에야 엄마 대신 〈전국채소〉 운영. 강영자를 짝사랑 중.

※ 찰스와 태준, 강영자의 남동생 영식, 철수, 상인회 회장. 안영자 남편, 손님 등 多役을 소화해야 한다. (추가 캐스팅이 가능하다면 멀티맨으로 대체하면 된다)

멀티걸 : 커피 아지매, 시장 단골, 손님, 고교생 강영자, 강영자 올케 등 (*여배우들이 멀티걸의 역할을 나누어도 된다. 고로 이 작품은 모두 多 역이 가능해야 한다.)

무대 설명

무대는 연출의 재량에 맡긴다. 객석 관객은 시장 손님이 되기도 하고, 상인이 되기도 한다.

메인무대는 재래시장 풍경을 보여주되, 〈쩐사랑(장영자)〉, 〈영자수산(강영자)〉, 〈전국채소(태준)〉, 〈천지과일(조영자)〉 순으로 자리 잡고 다른 가게의 풍경은 상징적으로 보여주면 좋겠다. 각 가게는 내부에 쉬는 공간 (간이침대 혹은 의자 등이 있는) 이 있어야 하는데, 무대 사정상 어려울 경우, 그런 공간이 있는 것처럼 설정하고 가면 -등퇴장에도 활용하기 위한- 좋겠다. 〈쩐사랑〉 앞에는 먹고 가는 손님들이 앉을 수 있는 좁지만 긴 벤치가 놓여있어 '영원한 친구' 회원들의 수다공간으로 활용하면 좋겠다. 시장입구에 시장과 어울리지 않는(판타지를 주는 듯한) 인테리어를 한 카페 〈여인의 향기〉가 자리 잡으면 좋겠다.

프롤로그

무대 암전된 상태에서, 영상.

스텝을 밟고 있는 남녀의 발, 춤추고 있는 남녀의 실루엣 영상 – 영화 〈여인의 향기〉 탱고 장면–에서 남자의 흔적이 사라지고 여인이 혼자 춤추고 있는 영상에서,

소리　경매개시 5분 전, 경매 개시 5분 전. 5분 후에 경매를 시작합니다.

위 영상 사라지고.(＊탱고를 오브제 삼아 시장 씬 전체 분위기 만들 것. 배경음악은 가수 나미의 '영원한 친구')

경매사가 경매 시작을 알리는 종소리와 함께, 이른 새벽의 어시장 풍경이 영상으로 펼쳐진다. 다양한 종류의 싱싱한 수산물. 경매 풍경. 중매상과 도매상들, 포장일을 하는 아낙들… 생선이 포장되고, 소매상들이 생선을 트럭에 싣는 풍경… 생선을 싣고 새벽도로를 달리는 강영자의 트럭. 트럭이 달리는 동안 날이 점점 밝아져, 그 밝음 속으로 트럭이 꽁무니를 보이며 달려가는 가운데 영상 아웃되면,

1장. 재래시장 (오전)

〈영자수산(강)〉 그 옆 〈전국채소(태준)〉는 셔터가 내려져 있고, 양쪽의 〈쩐사랑(장영자)〉과 〈천지과일(조영자)〉 등 다른 가게들이 장사 준비를 하고 있다. 얼굴엔 생기가 없는 그들의 모습에서 마지못해 문을 여는 모습을 느낄 수 있다. 전시된 물건들은 전날 팔지 못한 것들이 대부분이라 신선도가 떨어져 보인다. 선글라스와 중절모 차림의 멋진 신사 찰스, 입구 쪽에서 시장사람들의 눈에 띄지 않게, 〈영자수산〉을 이윽히 바라보고 있다.(틈만 나면 훔쳐보는 걸로 처리할 것) 장영자와 조영자, 〈영자수산〉 앞으로 모인다.

장영자   이런 일은 처음이데이. 전화도 안 받고. 아픈가?

조영자   억순이, 악바리 강영자가? 가만. 그동안 말썽 안 피우고 꼬박꼬박 장사 나오던 준이도 안 나왔네. 혹시 우리 준이랑 같이 있는 거는 아이것제?

장영자   그렇다모 박수 칠 일이제.

조영자   (버럭) 거기 와 박수 칠 일이고?

장영자   꿈 깨! 준이 문제라모 니는 강영자한테 몬 이겨.

조영자   내 꿈을 니가 와 깨라마라 해? 그라고 내가 와 강영자한테 몬 이겨? 내 시장 최강 미모 쪼!!! 영자야!

장영자   (짜증) 이 판에 니는 그라고 싶나?

조영자   살다보모 가게 문을 닫을 수도 있는 기제.

장영자   깡!!!영자다! 365일 신새벽부터 제일 먼저 가게 문 열고 제일 늦게까지 장사하던 악바리 억순이 강영자. 그런 아가 3일째 시장에도 안 나타나고 있다. 이거는 사고다 사고. 아이다 사건인가?

조영자 스무 살 되기도 전부터 지금까지 이노므 장사 안 때리친 기 이상한 기다.

장영자 때리치? 강영자 사전엔 때리치는 거 없어. 뭔 일이 있어도 단단히 있는 기야. 무슨 일일꼬?

조영자 영식이한테 전화 해봐라.

장영자 맞다. 내 와 그 생각을 못했을꼬. 가스나, 진작 말해주지. (핸드폰으로 번호를 검색한다)

조영자 저, 저기 뭐꼬?

강영자, 스티로폼 상자를 앞이 안 보일 정도로 쌓아서 들고 들어온다. 장영자, 조영자 뜨악하니 본다.

강영자 뭣들 하노. 좀 받아라.

장영자와 조영자, 얼결에 상자를 받아든다.

강영자 태준이는?

장영자 (상자를 〈영자수산〉 앞에 내려놓으며) 안 나왔다.

강영자 이노므 자슥이 또 농땡이가. (전화 걸려고 번호 검색한다.)

장영자 니 보는 재미로 나오던 안데, 니가 사흘씩이나 안 나오이

오고 싶것나.

조영자   순이 아지매가 많이 아파서 몬 나온 것일 수도 있다카이.

채소가게 안에서 벨소리. 일동 본다. 채소가게 셔터 올라간다. 태
준이 부스스한 얼굴로 나오며,

태준   와?

조영자   우리 준이 가게 있었더나?

태준   어.

강영자   술 마싰나?

태준   내 술꾼 아이다.

강영자   그란데 와 문 안 열었을꼬?

태준   일찍 좌판 펼치모 뭐하노. 손님도 없는데.

강영자   (엉덩이를 두드리며) 으이구, 그래도 문 안 닫고 꼬박꼬박 나
오네. 착하다 착해.

태준   (손을 꽉 잡으며) 내가 얼라가. 사내자슥 엉덩이를 함부로….

강영자   아이고마 내 미처 몰랐데이. 우리 준이가 사내자슥인 줄
참말로 몰랐대이.

태준   인자라도 알아둬라.

강영자   어이 사내자슥. 누나 트럭 가가 얼음포대 좀 들고 온나. 장
영자, 조영자 너그는 생선 상자 마저 들고 오고.

조영자   내도?

강영자   친구 아이가?

조영자   가스나. 요럴 때만 친구가?

강영자   오, 영원한 친구~ (나미 노래)

영자들   (자동으로) 오, 행복한 마음~

강영자   퍼뜩 댕기온나. (조영자와 장영자, 나미 노래 이어 부르며 나가면,
         강영자, 숨을 크게 쉬고 내뱉으며) 아이구 힘들어래이.

태준   (자기 가게에서 생수병 들고 와 건네며) 물, 물 좀 마시라.

강영자   이거 돈 주고 샀제? 수돗물 끓이묵으모 될 거로,

태준   주고도 뺨맞을 줄 알았다.

강영자   어무이 병원비도 만만치 않을 낀데.

태준   생수 울매나 한다꼬.

강영자   종일 땅을 파봐라….

태준   종일 땅을 파모 건물 짓것제.

강영자   우리 준이는 꿈이 커가 크게 될 끼라.

태준   이미 다 컸거든.

강영자   옴마는 좀 우떠시노?

태준   할마씨 항암 치료받느라 죽을 맛이지 머.

강영자   오늘 전복 물이 좋더라. 죽 끓이주꾸마. 갈 때 갖고 가라.
         니 꺼까지 한 냄비 끓이주꾸마.

태준   귀찮구로. 얼음 갖고 오께. (투덜투덜 하면서도 입맛 다시며 트럭
         으로 간다)

         장영자와 조영자 생선박스를 들고 들어온다.
         강영자, 좌판을 덮어놓은 천막 천을 걷어낸다.

강영자와 조영자, 생선 상자를 내려놓으며,

장영자·조영자 (동시에) 우짤라꼬?

강영자　와?

장영자　장날도 아인데 생물을 이리 마이 갖고 오모….

태준　비키라!

얼음포대 들고 와 철퍼덕 바닥에 내려놓는다. 강영자, 얼음을 좌판에 깔고 생선을 종류별로 깔기 시작한다.

장영자　고등어, 꽁치, 갈치, 전복, 쭈꾸미, 오징어, 대구, 명태…
　　　　　강!!!영자야….

강영자　(못 들은 척 생선을 전시하다) 태준아, 오늘은 어떤 놈이 명당을
　　　　　차지해야것노?

태준　귀찮구로.

장영자　전복에 조개까지.

강영자　손님 안 오모 삶아가 시장사람들캉 노놔 묵지 머.

장영자　나무관세음보살~님 또 강림하신 기가?

조영자　(상자를 살피며) 대구 때깔이 좋네. 아이다, 갈치는 더 좋네.
　　　　　오징어, 쭈꾸미, 하이구야, 모다 때깔도 좋고 싱싱해가 명
　　　　　당자리 갱쟁이 치열하것다.

태준　대구. 대구를 명당자리에 놓던가.

장영자　자슥. 대구 매운탕에 들어가는 야채 팔라꼬 그카제?

태준	오데. 때깔이 젤로 좋다 아이가.
장영자	명당자리는 말이다, 싸고 젤로 많이 팔리는 거를 앉혀야 하는 기라.
조영자	오데. 예쁘고 싱싱한 거
강영자	너그들 내한테 잘 배앗네. 오늘은 예쁘고 싱싱한 거로 명당 줄 끼다.
조영자	쭈꾸미!
강영자	제철 아이다. 니 좋아하는 거 말고 젤로 예쁜 거를 골라봐라.
장영자	우째 이리 싱싱한 거를 잘 골랐더노?
강영자	새백에 마산어시장 가가 경매하는 거 보고 사 온 기다.
장영자	경매가 알아가 중매인한테 가격 후려쳤네. 그랄라모 새백 세 시까지는 갔을 끼고….
태준	(버럭) 인자 설렁설렁 해도 안 되나?
조영자	맞다. 막내 영식이 장가까지 보냈으모 고만 악착 떨어도 안 되나? 천년만년 살 끼가?
태준	내 말이.
강영자	니들 사거냐?
조영자	(태준 팔짱 끼며) 하여간 빠꾸미….
태준	(뿌리치며) 미친나! 오데다 갖다 붙이노.
조영자	준아, 내 마이 섭섭데이? 오데다 갖다 붙이노? 내를? 내 시장 최강 미모. 갖다 붙여주모 감지덕지 해야제.
장영자	애 둘 딸린 이혼녀한테 총각은 언감생심이지.

조영자 흥. 무일푼 마흔둘 노총각? 내는 집이 두 채야.

강영자 (버럭) 뭐가 좋것노. (주위 조용해지면 차분하게) 명당자리 뭐를 앉혀야 잘 앉혔다 소리 듣겠노 말이다. 새벽부터 고생했는데 마이 팔아야 할 거 아이가.

태준 대구!

강영자 대구 낙찰! 준아, 대구탕 끓이라꼬 내 손님들 꼬시보꾸마. 무캉 쑥갓, 콩나물, 파, 마늘 다 다듬어놔라.

태준 어제 팔던 긴데… 싱싱해 보이거로 물을 좀 뿌리보까.

장영자 준이, 장사꾼 다 됐네.

강영자 (째려보며) 요가 마트가? (장영자와 태준 머쓱해하면, 뜯지 않은 상자들을 건네며) 청과물 시장도 댕기왔다.

장영자 준이는 좋것네. 알아서 챙겨주는 누나 있어 좋것네.

태준 전거리도 엄청시리 많구마는. 굴, 오징어, 조개….

장영자 (강영자 가게 좌판을 둘러보며) 이리 싱싱한 전거리 넘치는데, 손님이 와야 말이제.

조영자 (강영자에게) 니 삼일 동안 오데 갔더노?

강영자 가기는. 쉬었다.

조영자 그라모 쉬는 김에 팍 쉬지.

강영자 그랄라 캤는데, 아프더라. 온 만신이 안 아픈 데가 없더라.

장영자 나도 그렇더라. 아파서 쉬는데 쉬면 더 아파. 꾸역꾸역 기어 나오면 괜찮다가도 손님이 없잖아. 그라모 또 아파.

강영자 우리 장영자 장시 십 년에 도통했네. 우리네 장사치들은 손님이 약이제. 약 중에도 명약이제.

장영자 그라이. 매일같이 이리 파리만 날리께네 멀쩡할 시간이 읎다. 아이구 삭신이야….

조영자 그나저나 장날도 아인데 이 물건 다 우짜끼고?

강영자 못 팔모 시장 사람들 노놔 주모 돼지.

장영자 그래. 오늘 강영자 덕에 나팔 불자 마. 인생 머 있나?

강영자 인생 머 있나. 정신 번쩍 들 거로 믹스 커피 간 잘 마차가 (맞추어) 대령해봐라.

장영자 예, 마님~ (가게 안에서 커피를 탄다)

조영자 내는 됐다.

장영자 블랙으로 타 주께.

조영자 됐다카이. 누구 땜에 커피 생각 달아나뼀다. (태준을 흘겨보며 과일가게로 가 앉은뱅이 의자에 앉는다)

장영자 (종이컵을 준에게 건네며 조영자에게 갖다주라 부추긴다)

태준 귀찮구로. (그러면서도 조영자에게 갖다주며) 마시라.

조영자 생각없다카이.

태준 커피를 생각으로 마시나. 뜨겁다 받아라.

조영자 (째려보곤 마지못해 하는 것처럼 받는다)

강영자 손님손님~

일동. 각자의 가게로 가서 손님 맞을 준비를 한다.

강영자 오이소 보이소 사이소~

중년여인(멀티걸 扮), 시장을 둘러본다. 강영자수산 앞에 와서 물건을 살핀다.

강영자　새벽에 경매시장에서 바로 받아온 깁니더.

여인　제사고기 살라카는데, 첫 제사라….

강영자　조기하고 돔, 민어로 하모 됩니더. 돔 대신에 명태 올리도 되구예… 숫자는 일삼오칠구 홀수로 하시구예.

여인　우리 아버님 생전에 갈치하고 고등어 좋아하셨는데….

강영자　갈치, 꽁치, 멸치, 삼치, 참치 치로 끝나는 생선은 제상에 안 올립니다.

여인　와예?

강영자　'치'가 부끄러움과 어리석음을 뜻하는 '치' 하고 소리가 같아가 안 올렸다네예. 그라고 고등어, 정어리, 부시리 같은 등 푸른 생선도 천하게 여겨가 안 올렸다캅디더.

여인　그냥 생전에 좋아하시던 거 올리모 된다 카던데….

강영자　마 정성이 중요하니까예….

여인　그래도 전통이 있으모 따르는 게 좋겠지요.

강영자　맞심더. 뭐든 하던 대로 하모 탈이 없지예. 다듬어 드릴까예?

여인　세 마리씩 다듬어 주이소. 마른 장 보고 와도 돼지요?

강영자　나물거리하고 과일은 사셨십니꺼? 전을 집에서 하실 게 아이모 지금 주문하모 마른 장 보고 오실 때 얼추 될 낍니더.

여인　(둘러보며) 과일이 별로 안 싱싱한 거 같아서….

강영자 싱싱한 걸로 골라 드릴께예.

여인 그래 주실랍니꺼?

강영자 마른 장 보고 오실 때까지 준비해 놓겠심더.

여인 그라모 부탁합니더. (마른 장 보러 간다)

장영자, 조영자 생기가 돈다.

강영자 봤제. 장날만 가지 말고 매일 청과물 시장 댕기온나.

조영자 제사장을 운제 보러 올 줄 알고?

장영자 맞다. 제사장 보는 사람 열만 있어도 장사 할 만 할 낀데….

강영자 우쨌든 대추, 밤, 곶감은 넉넉하게 한 접시 되거로 담고, 감, 배, 사과, 배는 세 개씩 제일 좋은 걸로 골라 담아라. 나물은 다섯 가지. 전도 다섯 가지….

장영자 (신이 나) 명태 포부터 퍼뜩 떠 도.

강영자 (신이 나) 오야오야.

그들 얼굴에 생기가 돌기 시작한다. 분주하게 움직이는 가운데,

암전.

2장. 재래시장 (현재/1장과 같은 날/저녁 무렵)

다시 밝아지면, 상인들은 이미 장사를 파하고 집으로 돌아간 상태다. 강영자 홀로, 셔터를 내리지 않은 상태에서 장사를 마무리하기 위해 천막으로 좌판을 덮고 있다. 동생 영식(태준 扮) 과 올케(멀티걸 扮)가 찾아온다.

동생　　누나!

강영자　(반색하며) 왔나? 우째 같이 퇴근하는 갑네.

올케　　예. 인자 겨우 일곱 신데… 시장이 썰렁하네요.

강영자　요새 재래시장이 다 그렇다. (보자기로 싼 상자들 꺼내 놓으며) 오늘 새벽시장에서 사온 싱싱한 생선들로 종류별로 구웠고, 물만 넣고 끓이모 되거로 대구매운탕꺼리도 준비해뒀다. 전하고, 과일, 밑반찬들도 꺼내놓기만 하모 된다.

올케　　육군은….

강영자　아, 쇠고기. 불고기 양념해뒀으께네 전골냄비에 넣고 끓이기만 하모 된다.

올케　　역시 형님이 최고예요.

강영자　나도 니가 최고다.

영식　　집에서는 차만 마시고 나가서 묵자캐도.

올케　　집들인데?

강영자　맞다. 집들이라는 거는 집 구경도 하고 그 집 음식도 맛보고 하는 재민데 외식할라모 집들이 뭐하로 하노.

영식　집에서 만든 음식도 아이잖아.

강영자　내 가족이잖아. 가족이 만든 기모 집 음식이제.

올케　내 말이요. (눈치 보며) 저기 형님….

강영자　(눈치 채고 얼른) 내는 오늘 친구 집에서 잘 끼다.

영식　집 놔두고 와 친구 집에서 자노?

강영자　오, 오늘 친구들 모임 하는 날이다. 친구들캉 오랜 만에 제대로 놀아볼란다.

올케　(얼른) 예, 형님. 불금이잖아요. 뜨겁게 태워 버리세요.

강영자　재도 안 남거로 깡그리 태워버리꾸마.

영식　(봉투 주며) 맛있는 것도 사 먹고, 노래방도 가고 즐겁게 놀아.

강영자　(주머니에 다시 넣어주며) 야가 와 안하던 짓 하노. 너그 집 한 칸 마련할라모 한 푼이라도 아끼라마.

영식　(다시 돌려주며) 장 본 값이야. 부족할지 몰라. 일단 받고 모자라면 이야기해. 우리 손님 오는데 우리가 준비해야지.

강영자　(다시 돌려주며) 동생 손님이모 누나 손님이제.

올케　그, 그렇죠, 형님. (하며 봉투를 자기가 챙긴다) 모아서 저희 보금자리 얼른 마련할게요, 형님.

강영자　오~냐. 퍼뜩 가봐라. 우리 친구들 코 빠지것다. (좌판 정리한다)

영식　(짠해) 누나….

강영자　와?

영식　인자 고마, 냄새 나는 생선장사 고만하고 시집이나 가라마.

강영자　뜬금없데이.

영식   진작부터 생각했던 기다. 누나 시집간다카모, 내 단칸방이
        라도 얻어가 독립할 끼다.

올케   자기야, 왜 그래?

영식   니도 그랬잖아. 누나한테서 항상 생선 비린내 난다꼬. 빨
        리 독립하자꼬.

올케   내가 언제? 혀, 형님 아니에요. 아시잖아요, 저 생선요리라
        면 구이 조림 탕 다 좋아하는 거….

강영자 (서운함을 애써 삼키며) 퍼뜩 가라. 손님 벌써 왔것다.

올케   예, 형님. 퍼뜩 가자.

영식   누나, 너무 늦게까지 놀지 말고 일찍 들어온나. 알았제?

강영자 싫다. 오늘은 자유부인 할란다.

올케   (억지웃음) 자유부인. 하하 우리 형님 멋지다. 재도 남기지
        말고 불태워 버리세요, 형님~

강영자 (신나는 척 춤을 춰 보이며) 오~냐~

영식, 발걸음이 떨어지지 않는다. 올케, 그런 영식을 꼬집으며 재
촉한다. 강영자가 준비한 여러 개의 박스 보따리를 들고 떠나는
영식과 올케.

강영자 (급 지쳐 보인다. 자기 몸의 냄새를 맡아 본다. 허탈하게 웃으며) 생
        선장수 삼십 년에 남은 건 몸에 밴 생선냄새 뿐인갑네.
        ㅎ….

어디선가 들려오는 소리.

강영자모　(소리) 오이소 보이소 사이소~

강영자　(당황) 어, 엄마?….

강영자, 소리의 출처를 찾아 두리번거린다. 시장 입구에 빛이 보인다. '처녀 뱃사공' 노래가 배경으로 깔리면서 영상이 흐른다.

〈인서트 영상〉

뉴스 영상이다. 현재에서, 점점 시간을 거슬러 올라가다 흑백 영상으로 바뀐다.

1987년 대통령 직선제를 쟁취하기 위한 온 국민들의 시위 장면. 넥타이 부대, 교복 입은 학생들, 응원하는 시민들 풍경으로. 이어서 6.29선언 풍경과 온 국민의 뜨거운 함성에 이어 학력고사 풍경이 펼쳐지다 무대 밝아지면,

3장. 강영자의 고3 겨울. 어느 동네 (1986)

생선 상자가 실린 리어카를 세워놓고 생선 팔 준비를 하는 강영자모(강영자 扮).

그 옆에서 상자 정리를 해주는 강영자(멀티걸 扮). 지나가던 여학생 둘(조영자·장영자 扮)

여학생1 (코를 잡으며) 비린내. (리어카 발견. 인상 찌푸리며) 재수 없어. (얼른 리어카를 피해가다 돌아보며) 가만. 저거 강영자 아이가.

여학생2 오데? 맞네 맞네. 저 아지매 3일에 한 번씩 우리 동네 와서 장사 하는데….

여학생2 진짜가? 내는 처음 보는데….

여학생1 너그 아버지 출근하면서 학교까지 태워줬잖아. 그라모 이리 지나갈 일 없제. 그나저나 저 아지매가 강영자 옴만 줄은 몰랐네.

여학생2 하이고 가끔 교실에 비리꼬리한 냄새가 진동하더마는 원흉이 조 있었네. 강영자 가스나. 공부 쪼매 한다꼬 잘난 척 혼자 다 하더마는 꼴랑 생선장수 딸이었네.

여학생1 철수도 이 사실을 알까?

여학생2 알모, 강영자한테 들이대것나.

음흉한 미소 지으며 훔쳐보는 여학생들.
강영자, 생선 정리를 하려 한다.

강영자모 (말리며) 지각 할라, 퍼뜩 학교 가라.

강영자 학력고사 끝나서 등교시간 늦차졌다캐도.

강영자모 니는 엄마 따라 댕기는 기 안 챙피하나.

강영자 와?

강영자모 영식이는 어리가 안 그라는데, 영숙이하고 영미는 지나가다 내 보모 도망치더라.

강영자　　아직 철이 없어가 그칸다. 그나저나 12월도 아인데 마이 춥네.

강영자모　한겨울에 비하모 이 정도는 양반이다.

강영자　　이리 일찍 누가 생선 사러 오나?

강영자모　10년 하께네 동네마다 단골 생기더라. 아침 단골, 점심 단골, 저녁 단골… 요는 이른 아침 단골들이 쪼매 있다.

강영자　　힘들제. 바깥에 이리 오래 서 있으모 다리도 마이 아플 낀데.

강영자모　시장에 가게 하나 장만할 때까지는 이래라도 장사해야제 우짜것노.

강영자　　(리어카에서 앉은뱅이 의자 꺼내 놓으며) 요 좀 앉아 있어라. 생선은 내가 다듬으께. (고무장갑 끼려 하며) 아침 손님들이 찾는 생선이 뭐꼬? 고등어? 갈치?….

강영자모　(장갑 빼앗으며) 아이고 댔소, 따님아. 교복에 비린내 배이모 우짤라꼬. 고마 학교 가라카이. (고무장갑 끼고 생선을 다듬을 준비를 한다.)

강영자, 할 말이 있는데 망설이는 듯하다. 교복을 불량하게 입은 철수(찰스 扮), 마치 생선 리어카가 없는 것처럼 무심하게 지나쳐 간다. 골목 끝에서 훔쳐보고 있던 여학생1,

여학생1　(낮은 소리로) 철수야!

철수　　(힐끔 본다)

여학생1 저기 강영자.

철수 할 일 없으모 가서 디비 자.

여학생1 문디자슥, 알켜줘도.

철수 (다가와 낮은 소리로 위협한다) 이 장면 갖고 학교에서 한 마디라도 찌껄이모 뒤진다.

여학생1 내 입으로 내가 떠드는데 니가 와?

철수 강영자 내 끼다. 내 꺼 건드리모 우째 되는지 소문 몬 들었나?

여학생2 (여학생1에게) 퍼뜩 학교 가자. (끌다시피 해 간다)

여학생1 하이고… 엄청시리 도도하게 굴더마는 기껏 좋아하는 기생선장수 딸? 동태눈깔도 쟈보다 나을 끼다.

여학생2 면장 딸인 니가 참아라. (끌고 간다)

강영자, 소란에 보다 철수와 눈 마주치면, 얼른 외면한다. 철수, 이 윽히 보다 간다. 강영자, 학교 갈 생각 않고 망설이고 있다.

강영자모 (생선 손질하며) 내 학교 가야 하나?

강영자 (움찔) 뭐하로?

강영자모 대학 갈라모 선상님 상담해야 칸담서?

강영자 어시장서 새벽에 가져온 생물이람서 와 그리 단단하노. 옴마, 칼 좀 갈아야것다.

강영자모 딴 생각 말고 딱 가라.

강영자 우리 형편에 대학은 무슨….

강영자모 니 공부하는 거 좋아한다 아이가.

강영자 좋아한다고 다 할 수 있나. 졸업하고 취직할 끼다.

강영자모 강영자야, 내는 우리 강영자가 폼나게 살았으모 좋것다.

강영자 우째 살모 폼나는데?

강영자모 대학 졸업해가 좋은데 취직해가 깨끗한 옷 입고 출근하는 사람보이 폼나대. 학생들 가르치는 선생님도 폼 나고….

강영자 내 밑으로 동생이 셋이다.

강영자모 옴마가 4년 더 새빠지게 할끼께네, 니는 대학 졸업해가, 동생들 뒷바라지해라.

강영자 생선 팔아가 자식 넷 우째 공부시킬라꼬?

강영자모 강영자야… 니가 지금 취직하모 당장 옴마 숨통은 트이겠제. 그란데 그라모 우리 식구는 평생 이 모양 이 꼴이 될 끼다.

강영자 옴마….

강영자모 길을 닦을 때는 고통스러버도 닦고 나모 니도 편하고 주위 사람들도 편하데이. 니는 우리집 맏딸 아이가. 힘들더라도 옴마캉 같이 길 닦자. 당장은 돌아가는 것 같아도 거기 지름길인기라.

강영자 우리 옴마 도 통한 사람 같다.

강영자모 나이 공짜로 안 묵는데이. 단골들한테 배달하고 학교 가꾸마.

강영자 (뒤에서 포옹하며) 옴마… 내 진짜 공부 열심히 하께. 대학 졸업하고 좋은데 취직해가 동생들 뒷바라지하고 옴마 호강도 시켜주께.

강영자모　지각하것다.

강영자　(간다. 가다 다시 돌아보며) 두 시까지 오모 된다.

강영자모　그라모 목욕재계하고 가도 되것네.

강영자, 배시시 웃으며 간다.

강영자모, 미소 띤 얼굴로 보다. 아무지게 생선 손질을 하며,

강영자모　오이소, 보이소, 사이소… 갈치 고등어, 삼치 오징어 쭈꾸미 바지락… 없는 거 빼고 다 있심더. 오이소, 보이소, 사이소….

목이 터져라 외치는 데서,

암전.

암전된 상태에서,

트럭 달리는 소리. 비명소리. 리어카와 트럭이 부딪치는 소리. 부서지는 소리.

무대 한 쪽 조명, 엄마의 교통사고 소식으로 충격 받은 고3 강영자,

강영자　(비명. 오열) 엄마!….

무대 전체 밝아지면,

뭔가를 찾는 듯 두리번거리며 시장 통로를 서성이는 현재의 강영자.

강영자 엄마!… (하늘을 향해) 걱정 마소. 영숙이 영미 영식이 잘 컸소. 시집장가도 잘 갔고, 잘 사요. 그라이 걱정 마소. 내? 내도 행복하요. 후회없다카이. (한껏 미소 지어주고)

좌판, 마저 정리한다. 어둠이 짙게 깔린 시장. 〈영자수산〉만이 불을 밝히고 있다.

항상 지니고 다니는 듯한 낡은 노트 한 권을 꺼내 침을 발라가며 넘겨보는,

강영자 고정 단골 50군데만 잡아도 재미나게 장사할 수 있을끼라… 서른 군데는 확보했고… (어깨를 만지며 인상을 쓴다) 일할 때는 아무렇지도 않다가 와 일만 끝나모 이리 삭신이 아플꼬… (뒤로 눕는다. 배에서 꼬르륵 소리. 남은 음식 담은 통을 꺼내 뚜껑 열려다 말고) 배에서는 달라고 하는데 목구멍에서는 몬 넘긴다 카네. (음식통 밀치고 몸에 냄새를 맡으며) 코가 마비됐는갑다. (벌떡 일어나 앉아 영식 흉내) 냄새 나는 생선장사 고만하고 시집이나 가라마. (씁쓸하다) 자슥이, 엊그저께까지만 해도 지 버리고 시집 가모 안 된다꼬 매달리던 놈이 마누라 생기께네 나이 많은 누나가 귀찮아진 기가? 아이다. 우리 착한 영식이가 그럴 리가 없다. 지가 행복하께네

내도 행복하라꼬 카는 기라… 대출이라도 받아가 전세 얻어 줄 걸 괜히 같이 살자캤나? 아이다. 인자 마 흘러가는 대로 냅두자. 그나저나 손님들 대접은 잘 하고 있는지 모르것다. 음식이 입에 맞아야 할 낀데….

경비(찰스 扮), 손전등을 들고 다가온다.

경비   아지매, 며칠 안 보이가 내 마이 걱정했심더.

강영자   마침 잘 만났심더. (음식통들, 비닐봉투에 담아 건네며) 전하고 나물입니다. 출출할 때 드시소.

경비   하이고마 매번… 이라이 가야보살 가야보살 하지요. 고맙심더. 그나저나 내 이거 줄라꼬 여태 문 안 닫은 기라요?

강영자   아, 아이라요. 닫아요, 닫아. (얼른 가방 챙긴다. 셔터를 내린다)

경비   자물쇠 안 채웁니꺼?

강영자   (당혹감 감추려 애쓰며) 갖고 갈 것도 없어요.

경비   내 책임 아입니더.

강영자   책임 안 지게 할끼께네 걱정 붙들어매소 마. (시장 입구로 간다)

경비, 강영자가 불 꺼진 시장통로를 걸어가도록 손전등을 비춰준다. 강영자, 고맙다는 인사하고 다시 가면 경비는 다른 골목으로 순찰 간다. 순간, 어디선가 탱고 선율이 흐르기 시작한다. 소리의 출처를 찾아 두리번거리는 강영자.

순간, 야외스크린인 양 무대 한쪽에 영상이 흐른다. (꿈같고 환영 같은). 알파치노 주연의 〈여인의 향기〉 중 탱고 장면이 펼쳐지는 가운데, 영자의 추억장면이 재현된다. 현재의 영자는 영화를 보듯 한걸음 떨어져 추억장면을 바라본다. 추억장면을 바라보며 슬픈 미소를 짓는 영자.

[무대 한켠에 영상에 맞추어 탱고를 따라 추는 영자와 철수]
대학 졸업을 앞둔 ROTC 제복을 입은 철수, 의자 두 개를 들고 와 놓으면, 20대의 강영자(멀티걸 扮) 의자에 앉는다. 철수도 앉는다. 그들 영화를 본다.

철수 이 장면 때문에 〈여인의 향기〉를 세 번이나 봤다.

강영자 저 여자가 되고 싶다.

철수 니가 더 이쁘다.

강영자 말이라도 기분 좋네.

철수 나 군대 가.

강영자 갔다 온 기 아이고?

철수 학교 다니면서 학군사관후보생 했다.

강영자 제복 멋지다. 군대 가모 진짜 남자 되것네. 잘 댕겨온나.

철수 댕겨와도 되는지 물어볼라고 왔다.

강영자 서울서 함안까지?

철수 니가 있으께네.

강영자 생선냄새 안 나나?

철수   생선냄새 나는 니가 좋다.

강영자   내 기다리까.

철수   기다리모 제대하고 오게. 오면 (강영자를 일으켜 영화장면 중 한 동작을 흉내내며) 같이 해보자.

강영자   넘사시럽거로.

철수   싫나?

강영자   (당돌하게) 안 싫다.

철수   (안도와 만족의 미소. 강영자의 이마에 뽀뽀한다)

강영자   (화들짝)

철수   가스나 놀라기는.

강영자   (얼른 철수의 입술에 입을 맞춘다)

철수   가스나. 오데 내 첫키스를 강도질하노!

강영자   신고해라.

철수   (진한 키스) 벌이다.

강영자   미친나! (충격 그러나 기분 좋은 충격. 마음 들키지 않으려 흘겨본다)

철수   신고해라!

강영자   (키스 한다) 벌이다. (도망친다)

철수   강도야! 강도야!

소리치며, 잡으러 간다. 그들이 영상 속으로 빨려 들어가는 듯하다. 강영자, 마치 20대로 돌아간 듯한 착각 속에 탱고 흉내를 내본다. 디른 골목을 순찰하고 돌아온 듯 경비, 손전등에 비친 강영자를 보고,

경비 아지매! 아직도 안 갔는교?

강영자 (민망하고 당황스러워) 갑니더. 갑니더….

허둥지둥 도망치듯 가는 데서,

암전.

4장. 동시장 (오전)

무대 밝아지면 상가는 파리가 날리고 있다. 상인들의 얼굴엔 주름이 가득하다. 영자수산은 셔터도 올리지 않고 좌판에는 천막이 덮인 채다. 태준은 신경을 안 쓰는 것처럼 야채를 다듬고 있지만 실상은 온 신경이 강영자가게에 쏠리고 있다. 장영자, 전화를 걸어본다. 조영자도 다가온다.

조영자 안 받나?

장영자 (고개 끄덕이며) 어시장 갔다캐도 오고도 남을 시간인데….

조영자 아니, 우리 보고는 장사 제대로 해야한담서 새벽청과물시장 댕겨오라꼬 닦달하더마는 지는 문도 안 열고. 이거는 배신인기라.

장영자 영식이 집들이 음식 해준다꼬 난리부루스를 치더마는, 몸살 난 거 아이가.

조영자 내는 진짜 이해가 안 가. 동생 집들이 음식을 와 지가 하노 말이다. 그것도 이 불편한 시장에서.

장영자 내 말이. 그렇다해도, 이리 농땡이 부리고 할 강영자가 아인데… 암만해도… 갱년기다. 그거 말고는 설명이 안 된다.

태준 갱년기? 거기 뭔데?

장영자 검색해 봐라.

태준 바쁘다. (말은 그렇게 해놓고 슬쩍 검색해 본다)

조영자 내 생각엔 숙제가 끝나가 긴장이 풀려서 그런 거 같다.

장영자 숙제?

조영자 동생 셋 공부 시키고 시집장가 보내는 거.

장영자 맞네 맞아. 생기 왕창발랄악바라억순이 강영자가 막내동생 장가 보내고 나서부터 생활에 일관성이 없어졌데이.

태준 갱년기가 이리 무서븐 기가? 식은땀, 가슴 두근거림, 무기력증, 우울증, …

조영자 (때다 싶어) 우짜모 갱년기가 맞을 수도 있것네. 원래 결혼한 번도 안한 노처녀가 갱년기가 더 빨리 온다 캤거든. 의사가 내보고 는 신체나이가 30대라 카더라카이.

장영자 신체나이하고 정신나이하고 같은 갑네. 철없는 것아, 친구 험담하모 니 얼굴에 침뱉는기야.

조영자 1년 사이 강영자 팍 늙었다고 니도 그랬잖아. 아가씨~ 하던 손님들도 인자는 아지매~ 한다꼬.

태준 내 눈엔 여전히 아가씨로 보이던데.

조영자 내는?

태준 아지매.

조영자 이리 이쁜데도?

장영자 아지매, 상민이 고삼이지요?

조영자 (얄미워 눈 흘긴다)

장영자 에구 불쌍한 우리 강영자.

조영자 결혼도 한 번 몬해보고….

장영자 그라이. 니는 두 번씩이나 갔다왔는데….

조영자 (버럭) 이쁜 거로 우짜라꼬.

〈강영자수산〉 셔터가 올라간다. 부스스한 몰골의 강영자, 인상을
쓰고 서 있다.

장영자와 조영자 놀라 자빠진다. 태준은 안도한다.

강영자 시장아지매 아이랄까봐 와자지껄. 시끄러브서 잠을 몬 자
것다.

태준, 반가워 다가오려다 머뭇거린다.

장영자 니 요서 갔더나.

강영자 (주위 살피며) 쉿! 경비 아저씨 알모 내 쫓겨난데이.

조영자 올케가 니한테 눈치주더나.

강영자 우리 올케가 내를 울매나 끔찍하게 여기는데….

33

장영자 픽이나. 그런 아가 지 친구들 집들이 음식을 신랑 누나한 테 해달라캐?

조영자 여시여시. 그 여시가 와 신혼살림을 남편 누나집에 차렸 겠노?

강영자 와?

조영자 아직 누나한테 빼묵을 등골이 있는기라.

장영자 가스나 전문대 졸업한 거 맞네.

조영자 캭! 대졸.

장영자 그래, 니 대졸. 내 고졸. 됐나?

조영자 됐다.

장영자 쪼영자 말대로 요새 젊은 것들 계산 빠르데이.

조영자 절대 손해 안볼라칸데이. 영식이 처만 봐도 딱 알 수….

태준 (강영자의 찡그린 얼굴이 신경 쓰여 다가오며) 하이고 아지매들, 죽이 딱딱. 보기 좋네. 뒷담화할 때만 딱딱 맞추지 말고. 평소에도 좀 맞차보소.

조영자 니 누구 편이고?

태준 강영자 누나 편이다.

조영자 같은 영잔데, 와 매번 강영자한테만 누난데?

장영자 맞다. 우리한테는 아지매 아지매….

태준 강영자 누나는 처녀잖아.

조영자 노노노~처녀지.

태준 이 대목에서 처녀, 노처녀가 와 중한데?

조영자 그라모 이 대목에서 뭐가 중헌디?

장영자   영식이 그놈아는 장가 갔으모 독립을 해야제 와 노처
녀….

조영자   아지매.

장영자   노처녀아지매한테 얹혀 사노 말이다.

조영자   노처녀아지매. 딱이다. 우리는 아지매. 강영자는 노처녀아
지매. 선심 썼다.

강영자   극락 가것다.

조영자   아멘!

장영자   아미타불!!

강영자   내가 살자캤다. 지 살던 데서 신혼살림 차린 기 와 문제고?

조영자   아이구 가야보살님아~ 목적이 뻔하이 안 카나.

강영자   닥치고 커피나 한 잔 하자. 커피 아지매!

장영자   커피 아지매?

멀티녀, 커피차를 끌고 온다.

강영자   아지매 커피 한 잔 도. 얼음 꽉꽉.

장영자   니만 입이가.

강영자   두 잔.

조영자   너그만 입이가.

강영자   석 잔. 우리 귀염둥이 태준이 거까지 넉 잔.

태준   누나! 내 나이가 몇 갠데 귀염둥이. 쪽팔리거로.

장영자   팔릴 쪽 없잖아. 고마 끵가 줄 때 따라 댕기. 그라모 전도

생기고 커피도 생기고 과일도 생겨.

태준   생선은?

강영자   저기 냉동고에 있는 거 태준이 니 다 묵어라.

태준   내는 누나의 귀염둥이~

강영자   오야, 귀염둥이야. 대신 냉장고 채로 묵어야 한데이.

조영자 장영자 웃는다.

태준   (야속한 눈빛) 누나!

강영자   사내자슥이 공짜 좋아하모 우째 된다 카더노. 매력 없구로.

장영자   귀염 떨라고 그칸다 아이가. 강영자 누나 기분 살리줄라
꼬. 태준이 상남잔 거 지가 더 잘 암시로. 그쟈, 태준아~

태준   오늘은 아지매가 총각 잡는 날이가. 와 병 주고 약 주노?
내 아지매들하고 안 놀아!

조영자   저것들 빼고 내캉만 놀자. 내 집 두 채.

장영자   자식도 둘.

조영자   국물도 없데이.

장영자   건더기만 좋아하거든.

태준, 누나들 향해 콧방귀 끼며 가게로 가 야채 다듬는다. 강영자
와 눈 마주치면 화난 척 외면한다. 강영자, 그런 태준이 귀엽다.

커피아지매   (강영자에게 커피 건네며) 아이스 커피 대령이오~

강영자, 커피아지매한테 만 원짜리 건넨다.

강영자   잔돈은 팁입니더.

장영자와 조영자, 서로의 얼굴을 보며 뜨악하다.

커피아지매   마수도 몬했는데… 이라이 가야보살가야보살 하는기라. 가야보살님, 고맙심더.

강영자   단돈 육천 원에 노처녀아지매에서 보살님 됐다. 보살되기 쉽네.

커피아지매   하모하모. 주머니 여는 사람이 부처님 하느님 보살님 행님 누나 오빠….

장영자   맞심더 맞심더. 그래가 남녀노소 돈돈 하는 거 아이겠습니꺼.

강영자   이 시장 옛날 영광 찾을 수 있을까.

태준   (다가와 커피 받으며) 지금이라도 팔고 떠나는 게 최선일 수도 있제.

조영자   내 말이. 그런데 누가 사겟노. 2년 동안 세도 안 나가는 가게를.

태준   고마 콱 엎어삐든가.

커피아지매   내는 우짜라꼬. 이 시장이 내 밥줄이다. 딴 영자는 포기해도 강영자는 포기하모 안 돼. 강영자는 가야시장 얼굴 아이가.

조영자	오데요. 얼굴하모 조영자.
장영자	가스나 기부금 내고 대학 드갔제? 그 얼굴이 그 얼굴이 아인기라.
조영자	그 얼굴이 이 얼굴이 아이모?
장영자	으이구. 쓸 만한 거는 얼굴뿐인 년.
조영자	몸매도 쓸 만하거든. (태준 보란 듯 모델 흉내)
장영자	(무시하고) 깡영자, 내 니 때문에 시장 들왔다. 니가 요서 먹고 살게 해주겠다 안캤나. 책임지라.
조영자	나도 진작에 팔라 캤는데 노후연금 들었다 생각하고 갖고 있으라 캐가 이 모양이다. 2년째 우중충한 시장에 처박히가 연애도 몬하고 청춘을 썩히고 있다. 책임지라.
장영자	(비아냥) 청춘? 우리 쉰넷이데이.
조영자	그라이 청춘이제. 백세시대잖아.
커피아지매	모레 장날이다. 그래도 장날은 손님이 쪼매 있다 아이가. 기운들 내라 마.
장영자	오일장날 하루 장사하자고 나머지 4일은 파리 쫓고 있어야 하니 싱숭생숭 갈팡질팡 하는 거 아입니꺼.
커피아지매	내도. 장사도 안 되는 상인들 상대로만 장사할라카이 눈치가 보인데이. 시내로 가자니 단속에 걸릴끼고.
장영자	입구쪽에 공원 있다 아입니꺼. 고 딱 자리 잡고….
커피아지매	어떤 년놈인지 되도 안하거로 입구에 카페를 오픈한다꼬 한 달 가까이 지랄했다 아이가. 커피도 팔고 맥주도 판다 카는데, 아니 커피모 커피, 맥주모 맥주 이래 파는 기 상도

덕 아이가?

장영자　운제 오픈한답니꺼?

커피아지매　내일. 저기 간판 단 거 안 봤나?

일동 본다. 〈여인의 향기〉가 보인다.

조영자·장영자　여, 인, 의, 향, 기.

강영자　(화들짝) 여인의 향기?(본다)

커피아지매　카페에서 땅꼬지 탱고지 뭐시기를 한다카는데 재래시장 캉 땅꼬가 어울리나?

조영자　드디어 이 시장에도 내 수준, 내 취향에 맞는 게 들어서는 갑다. 세련되고, 화려하고….

커피아지매　몸빼 입고 신부화장 한 미친 년 같구마는.

장영자와 강영자, 커피 마시다 풋하고 뿜는다.

조영자　아지매! 내 인자 단골 안 해!

커피아지매　흥. 맨날 얻어묵기만 했음시롱. (간다)

조영자　나는 싸구려 커피는 안 사. 여인의 향기 문 열기만 해. 내가 시장 사람들 전부한테 커피 쏜다.

장영자　퉤퉤퉤! 약속 지키라.

조영자　(강영자와 장영자 훑으며) 이 꼬라지로는 입구에서 입장 거절이야. 여인의 향기. (코를 움켜잡으며) 생선 냄새, 기름 냄새,

　　　　　　　 10년 홀아비 냄새도 너그보단 나을기라.

장영자　니도 시장 사람이야.

조영자　세상에서 젤로 좋은 향이 과일 향이야. 우리 애기들은 달콤 새콤 상큼….

장영자　태준아, 쟈 약 묵을 때 됐다.

태준　깐 마늘 한 주먹 멕이까.

조영자　(째려보며) 확 다진 마늘로 얼굴 마사지를 시키뿐다.

강영자　시끄럽고. 우리는 어차피 입장 거절당할 테니까 시장 최강미모 쪼영자 니 혼자 가가 테이크아웃 해오모 되것네.

조영자　너그들 인자 겨우 오십대야. 육십칠십 아지매들도 붉은 립스틱 바르고 장사하는 거 안 보이나?

태준　우리 깡영자 누님은 암것도 안 발라도 이뻐.

조영자　에라이 만성안구건조증아, 저리 후즐구레한 노처녀 아지매가 여자로 보이나?

태준　아지매요, 일체유심조라고 들어봤지요? 내 마음이 강영자 누나는 여자다, 강영자 누나는 이쁘다 카는 거를 우짜노!

장영자　옴마야, 옴마야, 시방 반지도 안 들고 고백한기네. 받아주라 마 깡영자야. 연하다. 태준이가 가진 건 없어도 띠동갑 연하아이가.

강영자　준이 니 자꾸 장난치모 내 확 받아주삔데이.

태준　장난 아이다. (세 영자, 눈을 동그랗게 뜨고 보면 머쓱하며) 에이씨~ (두말치듯 입구 쪽으로 달려가다)

장영자　오데 가노?

태준   (돌아도 안 보고) 똥누로 간다 와! (달려간다)

조영자   등신. 안경 쓰라마. 눈이 그리 낮으께네 그 나이 묵도록 장 가도 몬갔지.

장영자   너무 높은 기 아이고?

조영자   (강영자 옆으로가 대결하는 자세) 강영자캉 내캉 비교가 돼?

강영자   강영자야, 니 내일 꽃단장하고 온나. 장사 준비 내가 해줄 끼께네 머리끝부터 발끝까지 알았제.

강영자   고마해라. 죙일 생선 파는 년이 꽃단장이 무슨 소용. 얼음 녹은 물이 바닥에 흥건해가 하루에도 서너 번은 양말을 갈아 신어야 하는데….

장영자   시집 한 번은 가야할 거 아이가.

강영자   내 발 부르튼 거 보모 있던 정도 떨어질끼라. (가게로 가며) 영자수산은 오늘 영업 쉰다.

장영자   와?

강영자   물건이 없는데 장사를 우째 하노?

장영자   냉동고에 냉동생선 있잖아.

강영자   영,자,수산. 생물 파는 가게. 자존심이 있제.

장영자   자존심은 개뿔. 이래 파리 날리모 내도 장날만 장사하고, 다른 날은 알바 자리라도 알아봐야 것다.

조영자   거기 나을 끼다. 그나저나 악바리 억순이 강영자가 병든 닭처럼 굴께네 맘이 짠하네.

강영자   나이는 몬 속이것다. 가게에서 하루 잤다고 녹초가 되네.

조영자   그래서 시집을 가야한다카이.

강영자 시집이 만병통치약이가? 우리 나이는 시집 갈 나이가 아이라 시집 갔던 사람도 돌아올 나이야.

장영자 그놈아가 오면?

강영자 헛꿈 꿀 나이 지났데이. 그라고 내 출산능력도 상실했다. 덕분에 연애세포도 다 죽었고.

조영자 세포 중에 젤로 생명력이 질긴 게 연애세포야. 왜? 로맨스 없는 인생은 오아시스 없는 사막이거든.

강영자 연애대장님이나 로맨스 마이 하이소.

조영자 연애세포가 죽었는지 살았는지, 일단 남자를 한 번 만나 보라카이.

강영자 꼭 묵어봐야 맛을 아나?

조영자 안 묵어 봤는데 우째 아노?

장영자 이 대목은 쪼영자 말이 백번 맞다.

어느새 몰래 와서 훔쳐보고 있던 장영자 남편(찰스 扮)과 내연녀, 복부인 같은 모습의 내연녀(멀티걸 扮), 위협적인 태도로 남편을 보면, 남편 나서며,

장영자남편 뭐가 맞는데? 조영자 씨가 무슨 말을 했길레 우리 장영자 씨가 백 번 맞다 맞장구를 쳤을까나.

장영자 (콧방귀) 안 죽고 살아있었네.

장영자남편 남편이 석 달 만에 나타나모, 쌍수를 들고 환영을 못할망 정, 말하는 뽄새봐라. 정 안 들어. 정 딱 떨어져.

장영자　　석 달 만에 나타나는 기 남편은 맞고?

장영자남편　법이 그카네. 니는 아직 장영자 남편이다! 쾅쾅쾅! 다들 잘 지냈는교?

강영자　　(어이없는 미소) 살만한가 보네요. 때깔이 좋네.

장영자남편　곰탱이 마누라 안 보이 살만합디다.

장영자　　염장 지르러 왔나?

장영자남편　돈 좀 도.

장영자　　내 억장은 철판인갑다. 아직도 무너지지 않고 붙어있는 걸 보모. 시장 꼬라지 봐라. 아들 등록금 마련하기도 벅차다!

장영자남편　그라모 이혼이라도 해도. 지금 만나는 여자 돈 많다. 내 그 여자캉 결혼할끼다.

장영자　　우떤 여잔지 엎드려 절하고 싶다. 니 같은 인간캉 결혼까지 해준다카이.

장영자남편　그라이 서류 정리해도.

장영자　　민정이 민수 시집장가 가고 나모 정리해준다 안 카더나.

장영자남편　그라모 그때까지 니가 내 용돈 도.

장영자　　돈 많은 여자 만난담서?

장영자남편　결혼 안 하모 용돈 안 준다칸다.

장영자　　(손에 잡히는 대로 물건을 들고 남편을 때리기 시작한다) 니가 사람이가, 니가 인간이가!….

장영자남편　이기 미친나. 오데 하늘같은 남편한테 주먹질이고? (뿌리치고 넘어진 장영자를 발로 찬다)

강영자, 달려가 장영자남편을 때리고, 악을 쓴다. 조영자도 합류한다. 하지만 남자 하나가 벅차다. 일순 아수라장이 되는 시장. 화장실 다녀오던 태준, 달려와 장영자남편을 떼어내 상대한다. 왕년에 싸움 좀 해본 솜씨다. 태준을 말리려는 여자들, 당황해 신고하는 내연녀.

내연녀 (핸드폰 꺼내 전화를 건다) 경찰서지요, 요 가야시장인데요, 시장사람들이 떼로 우리 허니를 때려죽일라 캅니더. 살려주이소~

경찰차 사이렌 소리.
모두들, 분노에 차 장영자남편을 죽일 듯 노려보는 가운데, 암전된다. 암전된 상태에서 경찰차 사이렌 소리 점점 커지면서 무대를 꽉 채운다.

5장. 시장

강영자, 조영자, 장영자 축 처진 몰골로 들어선다. 강영자, 조영자, 장영자는 〈쩐사랑〉 벤치에 앉는다. 태준은 후회가 막급인 얼굴을 한 채 엉거주춤 들어와 서둘러 야채가게 안으로 들어가 버린다. 세 사람, 그런 태준을 저마다의 감정으로 의식한다.

조영자 잘했다. 니 없었으모 우리 셋, 지금 병원신세 지고 있을 끼다. 이래서 여자한테는 남자가 필요하다카이. 울매나 든든하노.

강영자 두 번 든든하모 집안 거들내것다. 태준이 니 한 번 만 더 주먹질하모 내 니 안 볼끼다.

조영자 뭔 소리? 때리는데 맞기만 하라꼬? 우리 다 정당방위야.

강영자 정당방위?

조영자 그래, 정당방위! 그리고 약자가 맞으모 도와주는 기 당연한 거 아이가. 내가 힘만 있었어도 그 자슥 코뼈가 아니라 다리 몽둥이, 아니 몸뚱아리를 뭉개 버렸을끼다.

강영자 쪼영자야, 쫌~ (장영자 눈치를 본다)

장영자 미안타. 내가 우짜다 그런 인간하고 살 맞대고 살았는지, 살이 떨린다, 살이 떨려.(서러워) 아이구 내 팔자야… 쪽팔리가 몬 살것다. (가게 안으로 들어간다)

강영자 뭐가 쪽팔리노. 사람 사는데 이까지꺼 다반사다.

조영자 하모하모. 그런 인간을 살려둔 니는 인간문화재 감이야.

강영자 기분도 그런데 장사 접고 악양뚝에 처녀뱃사공이나 보러 가까?

조영자 와? 아직도 군인 간 오라버니가 애리나?

강영자 ('처녀뱃사공' 노래한다)

　　　낙동강 강바람이 치마폭을 스치면

　　　군인 간 오라버니 소식이 오네

　　　큰 애기 사공이면 누가 뭐라나

늙으신 부모님을 내가 모시고

에헤야 데에야 노를 저어라

삿대를 저어라

조영자 (박수) 미모는 내한테 안 돼도 노래실력은 강영자 니가 짱
이다.

강영자 내 시집 한 번 가보까.

장영자 (믹스 커피 타서 나오며) 혹시 그놈아한테 기별이 온 기가?

조영자 치아라. 군대 가기 전에 제대하고 온다꼬 고백해놓고는
지금까지 감감소식이람서? 자그마치 30년이다, 30년. 버
얼써 장가가고 빠르모 손주까지 봤것다.

장영자 나쁜 새끼.

조영자 복수해. 진정한 복수는 더 잘난 사람캉 결혼해서 잘 사는
기야.

강영자 너그들 삶이 마이 팍팍한갑네.

조영자 이 대목에서 나올 말은 아인거 같은데~

강영자 매사가 너무 극단적이다 아이가. 사정이 있것제.

장영자·조영자 (동시에 버럭) 무슨 사정? (동시에 한 거에 만족해) 찌찌뽕! (하이
파이브)

조영자 맘이 바뀌었으모 바뀌었다. 죽었으모 죽었다 캐야 정리를
할 거 아이가.

강영자 내는 진작 정리 했거든.

조영자 그런데 와 주구장창 처녀뱃사공만 불러대고 있노 말이다.

강영자 아이고… 아지매들 앞에서는 노래도 맘 놓고 몬부르겠다.

46

장영자	총각이 죽으모 몽달귀신, 처녀가 죽으모 처녀귀신이 되가 외로이 구천을 떠돈다 카는데, 그놈아 때문에 니가 죽어서까지 외롭게 구천을 떠돌까봐 걱정되가 안 그러나.
조영자	결혼중매회사 소개해주까?
강영자	그렇게 해서까지 하고 싶지는 않다. 우연처럼 만나는 운명이라모 모를까.
조영자	보소, 운명 잘못 만나모 장영자 신랑 같은 인간 만날 수도 있는 기야.
장영자	인정. 내 그 인간이 내 운명인 줄 알았다. 차라리 조건 맞차주는 결혼중매회사 통해 만나는기 더 안전할 수도 있을 끼라.
강영자	오십 넘어가 뭐하러. 마 더 이상 내 결혼 이바구는 하지 마라.
조영자	도로아미타불이네. 답다버라, 답다버.
강영자	니는 장영사 신랑하는 짓거릴 보고도 꼭 내를 결혼시켜야 것나?
조영자	모든 남자가 장영자 신랑 같지는 않거든.
강영자	니도 이혼했잖아.
조영자	신랑하고 사이는 좋았다.
장영자	그란데 와 이혼했노?
조영자	결혼 10년 만에 사별하고 나께네 혼자서 도저히 몬 살겠더라.
장영자	든 자리는 몰라도 난 자리는 크게 느껴지께네.

조영자 그래서 2년 만에 괜찮은 사람 만나가 재혼했는데, 우리 둘이는 좋은데, 딸린 식구들이 문제였다. 내 자식 남의 자식을 한 집에서 키우는 기 쉽지가 않더라.

장영자 내 자식만으로도 벅찬데 남의 자식까지 안을라모 힘들제.

조영자 게다가 시어머니가 친손주만 감싸고 도니까⋯ 내 자식들은 어린 마음에 더 상처를 입고. 자식들 지킬라꼬 이혼했다.

강영자 그런 일을 겪고도 또 하고 싶나?

조영자 내야 결혼을 또 할 필요 있나. 하지만 연애는 할끼다.

강영자 남자가 그리 좋나?

조영자 조물주가 와 인간을 만들 때 남자하고 여자를 만들었겠노.

장영자 종족보존.

조영자 단순한 년.

장영자 그라모?

조영자 심장에 피 통하게 하라꼬. 바운스바운스.

장영자 내는 그 인간 보모 통하던 피도 스톱하던데.

조영자 (가슴을 치며) 같은 나라 사람인데 우째 이리 불통일꼬. 콧구멍이 두 개인 이유를 알것다.

강영자 쪼영자 니는 아직도 남자보모 심장이 바운스바운스 하나?

조영자 모든 남자가 바운스바운스 하모 심장 터져 죽게? 임자 만나봐라. 요 머리가 막을라 캐도 심장이 말을 안 들어.

강영자 준이는 안 돼.

조영자 니가 책임질끼가?

강영자   순이 아지매 아들이다. 순이 아지매는 내한테 엄마 같은
            사람이다. 그라이 준이는 내한테 우리한테 아들… 은 아
            이고 동생이야, 동생.

태준   (불쑥 나와 붉은 고추를 꽂은 쑥갓 다발을 강영자에게 건넨다)

강영자   뭐꼬?

태준   꽃다발.

장영자   (보곤) 쑥갓 꽃다발이네.

조영자   푸른 쑥갓 속에 붉은 고추가 요사시하데이.

태준   붉은 고추가 마음에 안 들모 풋고추 꽂아주고.

장영자와 조영자, 좋은 구경거리를 만났다는 듯, 눈동자를 굴린다.

강영자   미친나.

태준   내 누나캉 피 한 방울 안 섞였다.

강영자   뭐?

태준   동생 아이라꼬. (휑하니 시장 밖으로 간다)

강영자   쟈가 오늘 뭘 잘못 묵은 기야.

장영자   태어나가 이런 꽃다발 받은 사람은 강영자 니가 처음이자
            마지막일 끼다. 부러버라.

조영자   내 앵꼬바서 양보하꾸마. 준이 니 해라.

강영자   준이가 물건인가?

조영자   빠알간 고추가 큼지막한 게 탐스럽데이.

장영자   내는 빠알간 고추보다는 풋고추가 더 맛있더라.

강영자   고추로 처맞기 전에 닥치라.

조영자   깡영자야….

강영자   와?

조영자   니 진짜 결혼 관심읎나?

강영자   얼라 낳을 나이도 진즉에 지나뺐고….

조영자   이년이나 저년이나 단순키는. 결혼이 아 낳을라꼬 하는 기 아이라니까.

강영자   그라모?

조영자   스킨십. 피부의 상호 접촉에 의한 애정의 교류. 문학적으로 몸의 대화!

강영자   스킨십은 결혼 안 해도 할 수 있는 거 아이가. 테레비 보이맨 불런에, 삼각관계에….

장영자   테리비만 있는 중 아나. 내 주변만 해도 천지삐까리…

조영자   남의 사생활에 관심 꺼자. 내가 말하는 스킨십은 암 때나 아무나하고 할 수 있는 그딴 허섭쓰레기 스킨십이 아니야.

장영자   그라모?

조영자   사회적, 도덕적, 법적으로 보장받는 스킨십.

장영자   누구하고 하모 그리 되는데?

조영자   당연히 남편이제. 눈치도 안보고, 삿대질도 안 당하고, 당당하고 떳떳하고.

장영자   조영자가 대졸 맞네.

조영자   더 중요한 거는 완전한 내 편. 남편은 내편.

장영자	그건 좋을 때고. 안 좋을 땐 웬수. 완전한 남의 편. 그 인간 봤잖아.
조영자	그라이 내 편일때까지만 살고, 남의 편 되모 헤어져야제.
장영자	참 쉽다.
조영자	어려울 건 뭐꼬?
장영자	내가 가진 게 있나, 잘 난 게 있나, 그렇다고 집안이 내세울 만하나. 우리 민정이 민수 시집 장가 갈 때 넘들처럼 집 한 채 사주는 건 고사하고 전세자금 보태 줄 돈도 없을 낀데… 이혼가정이라는 멍에까지 짊어지게 하고 싶지 않다.
조영자	등신. 호적에 빨간 줄만 없으모 온전한 기야? 불행한 부부관계가 이혼한 부부보다 자식들한테 더 악영향을 미칠 수도 있데이. 내 자식들 내 자랑인 거 너그들 알제?
장영자	내가 젤로 부러워하는 기제. 스물다섯에 결혼한 덕에 벌써 대학 졸업하고, 좋은 직장에 취직해가 따박따박 용돈 챙겨준담서.
조영자	내가 이혼가정 안 만들라꼬 참았으모 갸들은 용돈 챙겨주는 거는 고사하고 에미 등골 빼묵는 애물단지 됐을끼다.
장영자	니가 우째 아노?
조영자	취직해가 지들 밥벌이 시작하니까 그제사 말하데. 그 집에서 탈출하게 해줘서 고맙다꼬. 엄마 후회없게 할라꼬 열심히 살았다꼬.
장영자	억지로 인연줄 붙잡고 있는 게 독이 될 수도 있다는 기네.
조영자	하모. 갸들, 인자 내도 해방시켜 주더라. 엄마에서 여자로.

이 가게 세만 나가모 그때부터 나는 자유부인이야!

장영자 미리 축하하께. 꼭 좋은 놈 만나가 맘껏 스킨십해라.

조영자 그 축하받고, 합의금 보태주꾸마.

강영자 우짠 일로?

조영자 시집 갈라꼬 모아 둔 거 있다.

강영자 시집 갈라꼬 모아 됐다며?

조영자 시집은 강영자 니가 가고, 내는 로맨스만 하께.

장영자 가스나 목적은 스킨십이면서 로맨스 로맨스….

조영자 로맨스와 스킨십은 한 몸이야. 멍충이. 니도 몸 아직 뜨겁잖아.

장영자 그래. 내도 잠 못 들고 몸부림치는 밤 많다.

조영자 살아있다는 증거야. 당당하게 외치라. 나 뜨겁다! 나 외롭다!

강영자 아지매들, 제발 나이값 좀 합시다.

조영자 강영자, 내숭 고만떨자이. 로맨스는 나이 안 가려. 처녀 때는 처녀 로맨스. 아지매 때는 아지매 로맨스….

장영자 아지매 로맨스?

조영자 로맨스는 유효기간도 없어. 죽을 때까지 쭈욱~

장영자 갑자기 심장이 바운스바운스 한다.

강영자 우리 장영자 심장이 바운스바운스 한다면 좋은 기네. 아지매 로맨스 열나게 해부러라.

조영자 강영자 니, 내 질투하제. 내가 시장 최강미모라 시기하제.

강영자 뜬금없데이.

조영자 그라이 장영자 말은 말이고 조영자가 말은 개소리 취급하제.

강영자 내가 운제?

조영자 방금. 조영자가 말할 때는 시큰둥, 짱영자 말에는 열띤 호응. 내 준이 합의금 안 보탤란다.

강영자 안 내키모 냅둬라. 내가 알아서 하꾸마.

장영자 (서러워서) 내는 전생에 무슨 죄를 많이 지어서 맨 남 신세만 지는 팔자로 태어났을꼬….

강영자와 조영자, 마음이 쓰여 서로 눈치로 신호,

강영자 오데, 전생에 복을 많이 지은 거지.

조영자 인정. 가스나 도대체 무슨 복을 그리 많이 지었길래, 내 결혼자금까지 쪼개게 하노 말이다.

강영자 장영자. 복도 많은 년.

장영자 그런 기가? 내가 복이 많은 기가?

강영자·조영자 (동시에) 하모~

장영자 그라모 내 복, 너그한테도 쪼매 나눠주까?

강영자·조영자 (얼른 손사래를 치며) 오데 오데… (하다보니 머쓱. 장영자 눈치보며 배시시)

장영자, 눈을 가늘게 뜨고 째려보다 배시시. 세 사람, 호방하게 웃는다.

장영자	너그들 없었으모 오늘 같은 날 못 견뎠을 끼다. 고맙데이.
조영자	오, 영원한 친구~
강영자	고마우모 고마 팍 도장 찍어라.
장영자	알았다. 그래도 강영자야, 니 결혼은 꼭 한 번 해야 한데이.
강영자	와?
장영자	처녀귀신 되가 구천 떠돌까봐. 내 죽어서도 니캉 같이 놀고 싶다.
강영자	나는 너그들 징글징글해가 고마 따로 놀고 싶다.
장영자	혀 꺼물고 죽을란다.
강영자	죽은 연애세포를 살려주는 남자가 나타나모 고려해보꾸마.
장영자	(합장하며) 부처님 하느님, 제발 우리 강영자 죽은 연애세포 살려주는 남자 하나 보내주이소.
조영자	고니 같은 남자로 보내주이소.
강영자	고니?
조영자	백조. 백조는 일본식 표현이라카더라.
장영자	또 지식자랑질. 고니 같은 남자가 우뜬 남잔데?
조영자	고니는 죽을 때까지 단 한 마리 암컷만 사랑하는 '사랑꾼'이라 카더라.
강영자	좋다. 고니 같은 남자 나타나모 결혼한다.
장영자·조영자	퉤퉤퉤!
장영자	내도 이혼서류에 도장 찍을란다. 썩은 물을 빼내야 맑은 물 담을 수 있다 아이가.

조영자　듣던 중 젤로 인간 같은 소리다.

강영자　우리 장영자, 혼자 몰래 우는 일 없것네.

장영자　눈물 한 방울도 아까운 인간이다.

조영자　(옷매무새 다듬는다) 회장님회장님. 우리 회장님 오늘 따라 더 멋져보이시네.

장영자　관심 끊어라. 유부남이다.

조영자　사별했다카더라.

장영자　맞나? 운제?

조영자　내 장사 시작한 지 얼마 안 돼가 들었다.

장영자　그라마 2년은 족히 넘은 기네. 가스나 그런 정보는 퍼뜩퍼뜩 공유해야제. 빨리 도장부터 찍어야것다.

조영자　내 끼야.

장영자　쭌이는?

조영자　깡영자한테 쑥갓 꽃다발 줬잖아.

장영자　회장님은 내한테 양보해.

조영자　왜 내만 양보해야 하는데?

장영자　두 번씩이나 했잖아.

조영자　내 복이거든. 회장님은 먼저 잡는 사람이 임자야.

강영자　(객석 가리키며) 쫌~ 시장아지매들 다 너그만 본다. 정신 챙기라.

조영자, 장영자, 겸연쩍어한다. 회장(찰스 분), 시장 사람들−객석− 에게 인사하며 온다.

회장	아지매들 밤새 안녕하셨심니꺼? 어이, 순이아지매, 물건으로 통로 막으모 안 됩니다. 안으로 집어 넣어주이소. 댕기는데 불편하모 손님 안 옵니다. 미자 아지매도예. 점이 아지매 내 말 들었지요~ (세 여자 쪽으로 오면) 아이구… 영자 아지매들 오늘은 〈쩐 사랑〉에서 개(계) 모임 합니꺼?
조영자	(샐쭉하게) 회장님, 지금 우리 시끄럽다고 욕한 김니꺼?
장영자	맞다. 억수로 서운하네예.
회장	내는 인사한 거밖에 없는데, 와 서운할까예?
조영자	개모임.
장영자	월월….
회장	아이고… 세 분이 '영원한 친구' 계원들이시라 개모임 하냐고 물은 긴데….
조영자	또 개모임. 개 아이고 계.
회장	개.
조영자	마, 넘어 가입시더. 그나저나 회장님, 우리한테 관심 많으신가 봅니더.
회장	말이라꼬예. 우리 시장에서 명품 상인 영자 아지매들한테 관심 없으모 상인회장 내려놔야지예. 이름도 같고 나이도 같고 학교도 같고… 세 분은 전생에 자매였을 낍니더.
조영자	그거는 내가 허락 몬합니더.
회장	예?
조영자	오넬 봐서 우리가 자매같습니꺼? 내는 시장 최강 미모. 쟈들은 쑥대머리. 끕이 다른 거 딱 보모 모르겠어예?

회장　　하하… 제가 안목이 쪼매 부족합니더.

조영자　마 괘한심더. 안목은 제가 높으께네 회장님캉 저는 궁합이….

장영자　(조영자의 입을 막으며) 입 좀 닥치라. 회장님, 요새 마이 허전하지예~ 마 옆구리 시린 사람끼리 사이좋게 지내입시더.

회장　　그럼요 그럼요… 제가 바라는 바입니더. 영자 아지매, 잘 지내 보입시더.

조영자　안 됩니더. 갸는 임자 있는 영자아지매라예. 내는 임자 떠난 영자아지매고예.

회장　　그라모 내는… (조영자와 장영자 번갈아보다 강영자의 손을 덥석 잡으며) 그냥 강영자 씨캉 사이좋게 지내야겠네예.

조영자·장영자　(동시에) 고건 안 됩니더. (같이 회장의 손을 떼어낸다.)

회장　　(서운) 와예?

장영자　우리 강영자, 시집보내야 합니더. 고니한테.

조영자　맞심더.

회장　　강영자 씨 시집은 내도 찬성입니더. 두 분이 이 대목에서 찰떡궁합이라 참 보기 좋습니더.

조영자　설마 회장님 우리 강영자한테 관심 있어예?

회장　　그, 그럴리가예. 내 관심은 오직 시장 발전뿐입니더. 강영자 씨한테 사적관심 한 개도 없심더.

장영자　고 맘 바꾸모 거시기 떼야 합니더.

회장　　(움켜잡으며) 옴마야!

일동, 어색함 감추려 푸하하 웃는다.

조영자 회장님요, 우리 〈영원한 친구〉 부를 때는 특별히 이쁜 영자 아지매로 불러주이소. (미스코리아 흉내) 우리시장 최강미모.

장영자 니는 좋겠다. 낯짝이 두꺼버서.

회장 강영자 씨 그리 불러드릴까예?

조영자 요구는 내가 했는데 와 허락을 강영자한테 받을라 캅니꺼?

장영자 (팔짱을 끼며) 쪼영자, 그 문제 지적은 마땅하다고 본다.

조영자 그라고 와 깡영자는 강영자아지매가 아이고 강영자 씹니꺼?

장영자 그 문제 지적도 마땅하다고 본다. 대답하이소, 회장님예.

조영자 우리 영자들은예, 차이는 참아도 차별은 몬 참심더.

장영자 학교 앞문으로 들어갔네, 쪼!영자.

강영자 너그들 오늘 약 묵었나? 회장님, 오늘 마이 한가하신가 베요.

회장 (서운) 오데요. 지금 군수님과 약속 있으가 가는 길입니다. 우리 시장 발전을 위해서 제가 한 시도 허투루 쓸 수가 없다 아입니꺼.

강영자 그라모 퍼뜩 가보이소.

회장 군수님 만나가 대안을 제시해야 하는데, 우째 좀 생각 해보셨심니꺼?

강영자 일단 주차장하고, 편의시설 문제 먼저 건의해 보이소. 상인들이 할 수 있는 방안은 곧 정리해가 말씀 드리겠습니다.

회장	나는 강영자 씨만 믿습니더.
강영자	너무 믿지는 마시구예. 약속 시간 늦겠심더.
회장	아이쿠! 그라모 아지매들, 수고 하이소.
조영자	이쁜 영자아지매.
장영자	이쁜 영자 아지매들.
회장	이쁜 영자 아지매들 수고 하이소. (강영자의 눈치를 보며 간다)
조영자	(강영자에게) 뭐꼬? 둘이 뭐 있제?
장영자	사귀나? 아까, 내 시집 가까? 그기 철수가 아이고 회장님 이었던 기가?
조영자	준이는 우짜고? 가스나 늦바람이 무섭다캤는데 벌써 양다리가?
장영자	오데. 철수캉 합치모 세 다리. 내는 재혼, 삼혼 다 봐줘도 양다리, 세 다리 이딴 거는 친구라캐도 몬 봐준다.
강영자	닥치고 믹스 커피나 한 잔 내온나. 마시고 장사하자.
장영자	손님이 와야 장사하제. (투덜거리면서도 믹스커피 타러 간다)
조영자	회장님캉 연애한다카모 내 양보하꾸마.

어느새 와서 지켜보던,

태준	(버럭) 누나가 아이라카잖아. 와 자꾸 누나한테 연애하라 캐? 하고 싶으모 아지매들이나 해.
조영자	무서버라. 누가 보모 준이 니가 강영자 신랑이라카겠다.
태준	강영자 누나 상인회 회장따위한테 보내느니 내가 할 끼라.

일동 놀란다.

강영자   손님이 없으께네 별 지랄들을 다한다. 정신들 안 챙길끼
가. 그리 농 칠 시간에 시장 살릴 아이디어나 내놔봐라.

장영자   (종이컵에 믹스커피 타서 나오며) 대형마트를 다 쥑이삐자.

강영자   멀쩡한 마트를 와 쥑이노. 마트하고 경쟁해가 이길 궁리
를 해야제.

조영자   까놓고 말해가 내도 시장보다 마트가 좋은데 우째 이기노.

강영자   마트가 와 좋은데?

조영자   일단 깨끗해. 물건도 싱싱하고 신선하제. 먹을 거리, 입을
거리, 쉴 거리 없는 게 없어. 그라모 우리 시장이 싸냐? 큰
차이 없다카이.

태준   또 있잖아. 주차하기 좋제, 편의시설 다 있제.

강영자   (기특해) 우리 태준이 생각없이 시간만 때우다 가는 줄 알
았더마는 문제파악도 하고 있네. (다가가 목을 끌어안고 흔들
며) 이뻐라 이뻐. 기특하다 기특해.

태준   (얼굴이 불콰해져 뿌리치며) 누나가 자꾸 이리 얼라 취급하모
꽉 누나한테 장가 가삘기야. (가게 안으로 들어가 버린다)

강영자   (머쓱해) 저 자슥이….

조영자, 서운하고, 장영자, 재미있다.

장영자   태준이 진심인갑다. 우짜것노. 강영자 니가 책임 좀 져죠라.

강영자　가스나, 농담하는 거 보이 인자 좀 살만한갑네.

장영자　(짓궂은 미소) 어. 이 로맨스 결말 볼라모 악착같이 살아야 제~

조영자　시장 최강미모 조영자가 가야보살 강영자한테 밀릴 줄은 몰랐다.

장영자　노처녀라도 처년데, 아지매가 감당 몬하제. 꿈 깨.

조영자　닥치라!

강영자　둘 다 닥치고, 아이디어!

조영자　살맛 나게 하모 되제.

강영자　살맛? 살~맛?

조영자　둘 다. 사는 맛, 즉 살맛이 나모 사람들이 사러 올끼고, 사람들이 사러 오모 시장 사람들은 살~맛이 날 끼고….

강영자와 장영자, 조영자에게 존경의 눈빛.

장영자　이래서 사람은 배아야 된다카이. 조영자가 대학 시험치가 들어간 거 맞네.

강영자　앞문 출입했네.

조영자　너그들 고졸 콤플렉스 안 줄라꼬 내가 마이 자중한다.

강영자　엄마 돌아가시고 엄마 소원대로 이 시장에 가게 하나 차지했을 때만해도, 정도 있고, 인심도 있고, 손님들은 살맛, 시장사람들은 살~맛. 하루하루가 참 신명 났었는데. 주머니도 두둑했고.

장영자　인자 시장은 늙었어. 낡았어. 나아가기는커녕 뒷걸음질치고 있다카이. 안즉 아들 공부도 안 끝났는데. 시집장가도 보내야 하는데….

조영자　공부 시켜줬으모 됐지 시집장가까지 보내줘야 하나.

장영자　우리 시집 갈 때만 해도 단칸방에 숟가락 두 개 밥공기 두 개로 시작했지만은, 세상이 바꼈다 아이가.

조영자　바뀌었지. 시집장가까지 보내줘도, 자식이 부모 안 모시는 세상으로. 우리 세대만 억울해. 부모 섬기는 마지막 세대. 자식한테 섬김 못 받는 첫 세대.

강영자　저그들 복이제. 그런 세상에 태어났으께네.

조영자　세가 나가거나 말거나, 돈 많은 영감 찾아 시집이나 가야것다.

장영자　명은 짧고?

조영자　그래주모 금상첨화지.

강영자　그딴 생각이모, 죄 없는 사람 상처주지 말고 고마 혼자 살자.

조영자　말이 그렇지, 사랑하모 외모 나이 안 보여. 조건도 안 따져.

장영자　하모하모. 내는 사랑 없는 결혼은 반대야. 하모.

강영자　하여간 기승전 결혼타령.

조영자　니 시집 보낼 때까지 귀가 따갑도록 할끼다.

강영자　지긋지긋해서 시집가야것다.

장영자·조영자　(하이파이브) 퉤퉤퉤! 꼭 지키래이.

장영자　단, 회장님은 안 된데이.

조영자　　나도 반댈세. 대신 준이 양보하게.

강영자　　내 고니는 내가 알아서 찾아보게. 그라이 시장 살릴 궁리 좀 하자. 그러니까 우리는 지금 손님이 안 오는 문제를 다 파악하고 있어. 맞제?

조영자, 장영자, 고개를 끄덕인다.

강영자　　답도 나왔다.

장영자　　운제?

강영자　　마트의 장점을 우리 시장 것으로 만들모 되는 거 아이가.

조영자　　말처럼 쉽것나.

장영자　　손님 손님…. (가게 가스레인지 앞으로 간다)

강영자는 한쪽으로 피해있고, 조영자는 과일 가게로 간다. 남녀(찰스와 멀티걸)가 팔짱을 끼고 장을 보러 온다.

세사람　　오이소, 보이소, 사이소~

장영자　　맞춤 전 해드립니데이.

조영자　　수박 참외 사과는 기본이고예, 블루베리 샤인머스켓, 사방 천지 과일 다 있습니더. 천지과일. 맛보고 사가이소.

女손님　　(조영자 가게 앞에서 구경하다 인상을 쓴다) 사과가 쭈글쭈글하네.

조영자　　위에 거는 냉장 보관을 안 하고 노출시키가 그렇고예, (싱

싱한 거를 꺼내 보이며) 요 싱싱한 거 있습니다. 당도가 높아
가 살살 녹을 낍니다. (깎아 주려한다) 맛 좀 보이소.

女손님 옴마야… 다섯 개에 만원이모, 한 개 이천 원. 싸고 싱싱하
다 캐가 재래시장 왔는데, 마트가 훨 낫네. 쟈가 고마 마트
가자.

男손님 (태준 분) 자기야, 입덧할 때 먹었던 전 먹고 싶다했잖아. 그
거 여기 〈쩐사랑〉끼다. 묵고 가자.

女손님 손님이 이리 없는데 재료가 운제 건지 우째 알고. 고마
가자.

장영자 재료는 싱싱합니다. 후라이팬에 기름만 두르면 바로 부쳐
드릴 수 있도록 초벌구이해가 냉장고에 보관해 뒀어예.

女손님 갑자기 안 땡기네예.

男손님 그럼 동태 사서 동태탕 끓여주까?

女손님 내는 자기가 끓여주는 동태탕이 젤로 맛있더라.

男손님 (강영자 가게로 가) 요 오늘 장사 안하는가 보네.

女손님 시장이 팍삭 죽어삣네.

강영자 (얼른 가) 시장 살아있습니다. 내일 장날이라 오늘 생물 안
갖고 와가 장사 쳘라 캤어예. 싱싱한 것만 팔아야 안 하겠
심니꺼.

男손님 동태는 있습니꺼?

강영자 있습니다.

男손님 두 마리민 주이소.

강영자 오늘 장사 안할라 캤는데, 원하시께네 드릴게예. (강영자 냉

동고에서 동태를 꺼내와 손질해준다)

男손님 예전 같지가 않지요?

女손님 물건이 없는데 손님이 오겠나. 손님이 오게 할라모 항상 싱싱하고 신선한 게 있다는 믿음이 있어야 하는 긴데….

강영자 그러게나 말입니다. (담아주고) 육천 원인데 오천 원만 받겠심더.

男손님 육천 원인데 천원 할인이면 십육 십칠프로나 깎아주시네예. 이 맛에 시장에 옵니다.

강영자 앞으로는 매일 생물 구경할 수 있을 낍니다.

男손님 제 아내는 장어 좋아하고 저는 조개류 좋아합니다.

강영자 짤떡궁합이네예. 장어캉 조개류 물 좋을 때 연락드릴까예?

男손님 그래 주면 고맙지예.

강영자 (메모지 건네며) 연락처 좀 적어 주이소.

女손님 (남편이 적으려 하면) 쟈가 미친나. 어떤 사람인지 알고 자기 연락처를 막 주노. 안 된다.

男손님 내, 이 아지매 단골이다. (메모지 건네며) 꼭 연락주이소.

강영자 예.

男손님 (돈 주고) 야채 사자.

강영자 태준아… 야가 오데 갔노. (얼른 야채가게로 간다)

男손님 이 가게도 같이 하십니꺼?

강영자 시장 사람들끼리 서로 돕는 기지예.

男손님 무하고 쑥갓, 파, 양파 한 소쿠리씩 주이소.

강영자 동태탕 마이 끓여보셨나봅니다. (얼른 담아주며) 콩나물하고 마늘은 예? 콩나물이 들어가야 국물이 시원한데….

女손님 마늘은 마트에서 산 다진 마늘 있을끼다.

강영자 그라마 콩나물만 천원어치 드리겠습니더. 합쳐서 만 원입니더.

女손님 쑥갓이 시들시들해.

강영자 마트처럼 냉장 보관한 거는 하루만 지나도 뭉그러지는데, 시장 물건은 씻으모 팔팔 살아나가 냉장고에 보관하모 일주일도 거뜬합니더.

女손님 안 거뜬하모 반품하러 올 끼라예.

강영자 운제든지 오이소.

女손님 쟈쟈 들었제?

男손님 두 귀로 똑디 들었다.

장영자 전은 안 삽니꺼?

女손님 안 사요. 꾸질꾸질해. 퍼뜩 가자. (남자를 끌고 간다)

장영자 (불쾌) 나도 안 팔아요!

男손님 (끌려가며 고개 돌려) 생물 들어오는 날 사러 올게예. (윙크하며 간다)

장영자 싱싱한 해물 팍팍 넣어가 파전 맛나게 해드릴게예~

조영자 하이고, 호박같이 생기가 수박놀이 하네. 여자팔자 뒤웅박 팔자라 카더마는….

장영자 내 뒷꿈치도 몬 미치겠구마는….

강영자 ♡데. 이뻐구마는.

장영자 내가 분칠만 해봐!

강영자	원판 불변의 법칙.
장영자	강영자 니 누구 편이고!
강영자	내 물건 사주는 손님 편!
장영자	순 장사치!
강영자	팔자지.
장영자	에궁… 저 여자는 무슨 복을 타고나가 저런 남자 만났을꼬.
강영자	('찐사랑' 벤치에 앉으며) 저런 남자가 우떤 남잔데?
장영자	동태탕 끓여주는 남자! 그놈아는 얼라 낳고 산후조리할 때도 미역국도 안 끓여주더라. 친정 엄마도 안계시가, 내가 직접… 그때 찬물에 손 담근 후유증으로 밤마다 손 마디마디가 쑤시가…. (서럽다)
강영자	도장 찍기로 했다아이가. 쿨하게 보내삐라.
조영자	맞다. 우리 아직 안 늦었다. 참사랑은 쉰은 넘어야 할 수 있다 카더라.
장영자	누가?
조영자	이름 한번 대단한 작가 국민성. 겪을 만큼 겪어가 사람도 알고, 세상도 알만한 나이 아이가, 우리가.
강영자	그럴 듯하네.
조영자	그렇다카이. 장영자 니 딱 갈라서고 미역국 끓여주는 남자 만나.
장영자	내 복에?
조영자	니만큼 복 많은 년도 없다카이.

강영자　간만에 조영자가 철든 소리 하네.

장영자　그라모 내 기대해보꾸마. 미역국 끓여주는 남자.

강영자　너그들 보이, 인간이 망각의 동물인 게 맞긴 맞는 갑다.

조영자　니가 남자의 스킨십을 맛봐야 우리 이야기가 가슴에 팍팍 꽂힐 낀데…. (가슴을 친다)

장영자　두 번 해본 니가 이해해라. 모태솔로 아이가.

강영자　아웅이 다웅이가 내 결혼 문제만 나오모 쿵짝쿵짝하네. 결심했다. 강영자 도전. 로맨스 앤 스킨십!

장영자·조영자 (환호와 박수) 부라보.

장영자　이 아지매도 도전.

강영자　부라보, 아지매 로맨스.

장영자　부라보, 노처녀 아지매 로맨스.

조영자　노처녀하고 아지매하고 경쟁하모 누가 유리하게?

장영자　암만해도 결혼 한 번도 안한 노처녀?

조영자　No. 우리 나이 되도록 한 번도 안한 게 자랑인가? 저 나이 되도록 왜 시집 한 번 못갔지? 색안경 끼고 본다카이. 평범하진 않으니까.

장영자　이혼도 평범한 건 아니잖아.

조영자　태어나고 자라고, 연애하고, 결혼하고, 이혼하고, 다시 연애하고, 결혼하고, 죽고… 이건 평범한 거야.

강영자　인정. 사람 참 이상하지. 나도 이 나이까지 시집 한 번 못 가봤으면서, 상대가 결혼 한 번 안했다카모, 오데 문제가 있는 게 아닐까 의심부터 들어. 내 사정은 이해하면서 남의 사정은 이해 못하는 거지.

조영자　그래서 인간인 거야. 이기적이니까.

장영자　그라모 강영자 니도 노처녀 떼고 걍 아지매라 카자.

강영자　그라자. 우리 영자아지매들 똘똘 뭉치가 로맨스 한 번 만
들어보자.

장영자·조영자　이름하야 아지매 로~맨스~

조영자　최강미모 조영자, 제일 먼저 성공하는 사람한테 냉장고
쏜다.

강영자　조영자가 성공하모 내가 김치냉장고 쏜다.

장영자　고마 두 개 다 내한테 주모 안 되겠나. 친구들아?

조영자　거지근성 스탑!

강영자　맞다. 장영자야, 거지근성이 거지같은 운만 갖다준다 카
더라.

장영자　퉤퉤퉤. 취소. 취소.

조영자　취소 받고. 너그들 오늘부터 내 지휘하에 관리 들어가자.

강영자·장영자　무슨 관리?

조영자　로맨스는 노력이야. 니들은 머리끝에서 발끝까지 다 문제
덩어리야. 최강미모를 친구로 둔 걸 감사해, 이것들아.

장영자　(꾸벅 절하며) 감사합니다람쥐~

강영자　태준이 야는 오데 갔노?

조영자　똥 씹은 얼굴이더마는 또 똥 누러 갔는갑다. 젊은 놈이 장
에 문제 있는 거 아이가.

장영자　보래보래, 준이 장 걱정은 준이한테 맡기고 저 좀 봐라.

장영자·조영자 오데?

장영자 여인의 향기.

일동 본다. 카페 〈여인의 향기〉 문이 열리고 멋진 슈트차림의 중
년남자가 나온다.
선글라스까지 착용하고 세 영자들 가게 쪽으로 걸어오는 모습에
장영자와 조영자, 벌어진 입을 다물지 못하고 있다. 강영자는 호기
심 가득한 얼굴이다.

조영자 (신기해) 물 찬 제비가 따로 읎네. 너그들 들리나. 내 안구
정화되는 소리.

강영자 허세 작렬이구만. 시장에 오면서 썬글라스까지 쓰고 오는
거 봐라.

장영자 보이나. 시장수질 좋아지는 거. 장사 안돼서 우울했던 기
쏴악 가시뿐다 마.

조영자 온다온다.

찰스, 시장사람들(객석)에게 화사한 미소로 인사를 건네며, 영자들
앞으로 온다.

찰스 (명함을 건네며) 카페 여인의 향기 대표 찰스입니다.

강영자 찰스? 한국 사람이 천수도 아이고 찰스?

찰스 (못들은 척) 저희 내일부터 영업 시작합니다. 낮에는 커피랑

생과일주스 등 음료 팔구요, 저녁에는 맥주, 와인, 간단히 요기될 만한 것들로 준비할 겁니다.

강영자　(걱정) 와인요? 우짜노. 내 보이 우리 시장하고 사장님은 물하고 기름 같심더.

찰스　지금 저 걱정해주시는 겁니까? 벌써부터 내 편이 생긴 것 같아 든든하네요. 고맙습니다.

장영자　(조영자에게로 가 속삭이듯) 서울서 왔는갑다. 말이 살살 녹는다.

조영자　주접 떨지마래이. 쪽팔린다. (도도한 척. 서울말 흉내) 저기….

찰스　찰스라고 불러주세요.

조영자　찰스, 우리 쉬운 여자 아니거든요.

장영자　맞아예.

찰스　첫 만남부터 이렇게 호감 가는 분들을 만나니 가게 오픈을 잘했다는 확신이 생기네요. 많이 도와주십시오.

강영자　내 코가 석 잡니더. 요 보소. 파리 날리는 거 보이지예.

조영자　(등짝 때리며) 가스나, 정 없거로. (유혹의 미소 날리며) 서로 도우면서 살아야죠.

찰스　시장분들에게는 특별히 세 번까지 무료이용권 드리고 있습니다. (무료이용권 나눠준다) 원하시는 메뉴, 가능한 날짜에 무한 대접하겠습니다.

강영자　(시비조) 자선단체에서 나왔어예?

찰스　이웃끼리의 정을 나눈다 생각하시면 좋겠습니다.

강영자　정도 좋지만 그라다 망하모 이웃이 젤로 먼저 등 돌립니더. 상처 안 받을라모 정신 단디 차려야 합니다.

조영자 (찰스의 눈치를 보며 낮은 소리로 만류) 오지랖질 또 시작이다. 남이다. 오지랖 떨지 말고 걍 냅두라. 책임질 것도 아이면서.

강영자 내일이 뻔히 보이는데 우짜라꼬. (찰스에게) 아무튼 단디 하이소.

찰스 그럼요. 내일도 이웃이 등 돌리지 않게 단디 하겠습니다. 아, 저희 가게에서 사용할 재료는 모두 이 시장에서 구입하려고 합니다.

조영자 (얼른) 배달도 가능합니다. 말씀만 하이소.

찰스 싱싱한 과일로 종류별로 한 상자씩 부탁드리겠습니다.

조영자 (반색) 종류별로 한 상자씩예? (급 난처해하며) 오늘예?

찰스 저희 내일 오픈입니다. 내일 오전 열 시까지 배달해 주시면 됩니다.

조영자 (안도) 내일 새벽에 청과물 시장가가 젤로 좋은 물건 떼오겠습니다.

찰스 고맙습니다. (야채가게로 가 강영자에게) 파프리카 색깔 골고루 섞어서 한 상자, 당근, 양파, 아보카도, 호박, 오이, 치커리 각 한 상자씩. 대파 한 묶음, 깐 마늘 한 소쿠리 배달 부탁합니다. 내일 열 시까지 가능할까요?

강영자 그렇게나 많이예?

찰스 첫날이니께요.

장영자 전, 전은 필요 없어예?

찰스 안 그래도 부탁을 드리려고 했습니다. 저희 가게에 쓸 전 종류는 〈쩐 사랑〉걸로 사용하고 싶은데 협업이 가능할까요?

장영자 협업?

찰스 손님들이 주문할 때마다 쩐사랑 전으로 내놓으려구요.

장영자 울매든지 협업 가능합니다.

찰스 전 할 때 밀가루는 내용물이 흘러내리지 않을 정도만 사용하시고 재료 그 자체의 맛을 최대한 살려주시면 좋겠습니다. 저희가 일손이 많지 않아서 가능하면 시장과 연계해서 영업을 하려고 합니다.

장영자 고맙십니더. 고맙십니더. 주문 들어올 때마다 전화 주이소. 따끈한 거를 바로 손님들한테 내놓을 수 있도록 배달해 드릴께예.

강영자 가게 손님 오모 우짤라꼬?

장영자 (눈치 주며) 내 알아서 하꾸마.

찰스 배달이 힘들 때는 저희 직원을 보내도록 하겠습니다.

장영자 고맙습니더. 초벌로 미리 준비해 놓겠습니다. 주문하모 바로 드릴 수 있도록예.

강영자 얼마나 주문할지 알고?

찰스 기본 20인 분썩은 준비해 주십시오. 탱고 동아리가 저희 가게 고정 손님이라 그게 기본이구요, 외부 손님이 올 때마다 추가 주문하겠습니다.

조영자 탱고 동아리?

찰스 제가 탱고 강사거든요~ (탱고를 살짝 선보인다) 저희 카페에서 탱고동아리 워크숍도 같이 하고 있습니다.

조영자 (명함 보며) 그래서 이름이 찰스. 찰스와 탱고(온몸을 훑으며) 완전 어울린다~

장영자 우째 딱 걸어올 때부터 보통 사람이 아인 줄 알았심더.

찰스 (강영자에게) 제가 생선을 워낙 좋아해서 하루에 한 끼는 생선 반찬으로 식사를 합니다. 다섯 시에 저녁을 먹을 건데, 그날그날 제일 물 좋은 놈으로 열 마리씩 구워서 배달해 주실 수 있을까요?

강영자 수산물 파는 사람이지 생선구이집 하는 사람 아이라요.

찰스 아~

장영자 제가 해드릴께예.

강영자 (흘겨보며) 전 굽는 후라이팬에 생선구이를 하겠다고?

장영자 니 후라이팬 있잖아.(찰스에게) 강영자수산에서 제일 물 좋은 생선으로 사가 구워서 갖다 드리겠습니다.

조영자 배달은 내가 하꾸마.

장영자 마 됐다. 기름 냄새 싫어함시로. 제가 직접 합니다.

찰스 부탁드리겠습니다. 바쁘시면 연락주십시오. 받으러 오겠습니다.

장영자 저기…. (망설이면)

강영자 결재는 바로바로 해주셔야 합니다. 우리 시장에서는 단골도 외상은 사절입니다.

찰스 저도 장사하는 사람입니다. 외상 사절합니다.

조영자 찰스가 원하시면 저는 외상 해드리겠심더.

강영자 룰 지키자.

찰스 그럼요. 룰은 지키라고 있는 거지요. 외상 사절. 그럼 내일 뵙겠습니다.

장영자와 조영자, 90도 절 한다. 강영자, 고개 갸웃하고 있으면, 조영자와 장영자, 억지로 절 하게 한다. 찰스, 인사하며 여인의 향기로 퇴장한다. 태준, 볼 일 보고 오다 스친다. 조영자와 장영자, 조마조마한 시선으로 찰스를 지켜보다 여인의 향기로 들어가고 나면 기쁨의 비명을 지르고 손을 마주치며 좋아한다.

장영자 오늘 운세에 귀인이 나타난다 카더마는 딱… 귀인이다.

조영자 결심했다.

장영자 뭘?

조영자 내 세 번째 로맨스 상대는 차~알스.

장영자 (팔소매 걷어붙이며) 전쟁이다!

강영자 정신들 차리라. 딱 봐도 제비다.

조영자 탱고강사라 안카나.

강영자 그라이. 물찬 제비 꼬라지에, 탱고강사… 딱 제빈기라.

장영자 니는 우째 그리 제비를 잘 아노? 만나봤더나?

태준 꼭 만나봐야 아나? 남자는 남자가 봐야 하는데, 내 봐도 딱 제비다.

강영자 맞제? 여자 홀리가 주머니 채우는 놈같제?

태준 강영자 누나가 세상 헛 산 게 아이네. 그라이 아지매들아,

꿈 깨.

조영자   내보이 시기질투에서 발현된 음해성 발언 같은데.

장영자   또 대졸 티 낸다. 음해성 발언? 뭔 말인지 모르겠지만도 어쨌든 이 대목에서는 조영자 편.

강영자   허여멀건한 기 이 동네 살 사람으로 보이나?

장영자   이 동네가 우때서?

태준   객관적으로 인물은 나보다 몬해. 나도 옷 저리 빼입으모 제비 뺨 칠 수 있어.

강영자   (만 원 주며) 무 파 양파 콩나물 쑥갓 팔았다.

태준   누구 맘대로 파노. 앞으로 내 허락 없이 내 가게 물건 팔지 마.

강영자   팔아주고 뺨 맞네.

태준   인자, 내 일은 내가 책임지고 할 거야.

강영자   듣던 중 반가운 소리네.

태준   내 여자 책임질라모 책임있는 행동해야 할 거 아이가.

조영자   준이 니 여자가 누군데?

태준   강영자, 쪼매만 기다려. 내가 책임질게. (대파 한 단을 선물한다) 내 맘을 받아도.

장영자, 조영자 웃음 참느라 애쓴다.

강영자   (대파 단으로 등짝 후려치며) 묵는 거 갖고 장난치는 거 아이다.

태준   누나는 실용주의자잖아. 쑥갓 꽃다발은 대구 매운탕 끓일

때 넣어 묵고, 대파도 쓸 때가 많잖아. 살림에 보태라꼬.

강영자 그런 깊은 뜻이. 고맙데이. 역시 우리 태준이가 내를 젤로 잘 아네. 그간의 장난을 용서하마. 으유 귀여운 자슥.

장영자 니 볼일 보러 간 사이에 강영자가 주문 잔뜩 받았다.

강영자 사장이란 작자가 물건 주문하는 꼬라지 보이 여인의 향기 한 달도 몬가것다.

조영자·장영자 길게 가야 할 낀데…

장영자 냉장고가 걸렸는데… 조영자, 관리 운제부터 시작할끼고?

조영자 각자 하자. 니는 인자 내 경쟁자야.

장영자 안 질끼다.

강영자 찰순지 철순지 카페 사장이 이 시장 활성화에 물꼬를 틔 어주긴 할 것 같다.

태준 단골 한 사람 생겼다고 금방 달라지것나.

강영자 카페 오는 손님들이 우리 시장도 다녀가게 하모 되제.

태준 그거 괜찮네.

강영자 (낡은 노트를 들고 장영자 가게 벤치에 앉으며) 이리 와봐라.

다들 모이면,

강영자 그동안 내가 거래한 단골들, 그리고 고정적으로 물건을 납품할 가게 서른 군데다. 새벽시장에서 싱싱한 물건 받 아가 손질까지 해서 이 가게들에 납품하기로 했다.

조영자 새벽시장에서 사와가 동네 가게에 납품하라꼬?

강영자　퇴근 전에 전화로 주문 받아가, 새백시장 댕기와서 아침 일찍 납품하고 남은 물건은 시장에서 팔모 된다.

장영자　몸이 쪼매만 고생하모 옛 영광 되찾을 수 있다 이기가?

강영자　우리가 누꼬. 총알 폭탄 터지는 전쟁만 안 겪었지 산전수전공중전까지 다 겪어본 우리 아이가. 내는 강영자.

장영자　내도 영자. 장영자.

조영자　내도 영자, 조영자.

강영자　우리 영자들이 뭉치가 영자의 전성시대 한 번 재현해 보자마.

조영자·장영자　그라자마.

강영자　새로운 영자의 전성시대를 위하여!

조영자·장영자　영자의 전성시대를 위하여!

태준　나는 영자가 아이라 못 끼것다.

강영자　그딴 사고로 내 책임 지것나.

태준　책임지도 되나?

강영자　하는 거 봐서.

태준　그라모 내 한 번 제대로 해보께.

조영자　내는 임자 나타나모 세 놓고 카페 사장한테 올인해볼라카는데….

장영자　(등짝 때리며) 그거는 반칙이야.

강영자　회장이가, 카페 사장이가?

조영자·장영자　그거는….

태준　떡 줄 사람 맘이지.

강영자	누가 됐던 일단 시장부터 다시 살려놓고 하자. 내도 그때는 로맨스 올인하꾸마.
장영자	진짜가?
조영자	더는 핑계 안 된다.
강영자	내 사전에 포기, 핑계 이른 거 없다. 다시 한 번 뛰자!
일동	뛰자!
조영자	그나저나 운제 갈 끼고?
강영자	오데?
장영자	세 번은 공짜로 해준다 안 카더나. 우리도 와인 한 번 마셔보자.
조영자	내일 당장 가자.
강영자	공짜라모 앵갯물도 마실 것들. 염치가 있어라. 개업식날 공짜 손님오모 좋아라 하것다. 너메 것도 내 것처럼.
조영자	너메 것은 너메 것이지.
장영자	또. 얼굴이 그 얼굴이 아닌 것처럼, 남의 재산도 소중하게 여겨주자, 이 말인기라.
강영자	우리 장영자는 대학 나왔으모 선생이 딱인데. 이해력 설명능력 대졸 뺨친데이.
조영자	하여간 이것들은 학력콤플렉스 만땅이라카이. 내는 아껴주진 몬해도 단골해가 찰스 재산 불려줄끼다.
강영자	과일 팔아가 와인값 델라모 가랑이 찢어질끼다. 마 인사말이라 생각하고 잇아삐.
조영자	니는 그게 문제야. 우리도 좀 폼나게 살아보모 안 돼나?

시장 아지매는 시장에서만 놀아야 하나? 몸뻬 바지만 입어야 하냔 말이다. 화장도 하고, 고운 옷 입고….

장영자 그거는 맞다. 우리도 카페도 가고, 와인도 마시고, 탱곤지 뭔지도 추고… 와 그리 살모 안 되는데?

강영자 와이라노. 물 찬 제비 보께네, 숨가뒀던 욕망이 스물스물 꿈틀거리나?

장영자 그래. 내 갑자기 이 꼴이 창피하더라. 니는 아지매도 아이고 노처녀 아지맨데, 그리 쑥대머리하고 몸뻬 바지에 슬리퍼 신고… 창피해가 낯짝을 몬들겠더라.

강영자 (자신을 둘러본다) 주제파악한 것도 죄가?

장영자 니 주제가 어때서? 지 결혼 행복 꿈 포기하고 동생 셋 시집장가 보낼 때까지 희생과 봉사와 배려로 산 세월이 30년이다. 세상에 그만큼 대단한 사람이 오데 있노?

조영자 천에 하나 있을까 말까. 그만큼 했으모 니 인생도 좀 살자. 이쁜 옷 입고, 얼굴 분단장하고 쫌 꾸미면서…

태준 강영자누나는 안 꾸며도 이뻐.

장영자 꾸미모 더 이뻐.

태준 너무 이쁘면 안 돼.

장영자 와?

태준 제비 꼬이잖아.

장영자 니는 포기해. 우리 강영자 고니 만나야 해. 행복해야 해.

강영자 고만! 내 인생이다. 내 알아서 살꾸마.

조영자 대신 주제파악은 고만!

강영자	알았다. 알았다. 여인의 향기 가자. 가가 와인도 마시고, 탱고도 춰보자.
장영자	모래 가자. 개업날 말고.
조영자	개업날 가가 축하해주는 기 더 좋을긴데.
장영자	공짜로 묵을 낀데, 고만큼 염치는 있어야제.
조영자	좋다. 내 하루는 참으께. 대신 모레는 단장 좀 하자이.
강영자	내 화장품도 없고 마땅한 옷도 없는데…
조영자	장사만 하지 말고, 손님도 좀 하자.
장영자	마트가가 쇼핑 좀 하까.
조영자	꼴랑 마트? 쪼매 더 써!
장영자	그라모 오데?
조영자	아울렛.
장영자	엄청시리 마이 썼네. 가자.
태준	장사 안 할끼가?
조영자	니 강영자 책임진다 캤잖아. 우리도 책임져. 오늘 하루 우리는 자유부인이야.
태준	우짜라꼬.
장영자	아지매들 로맨스를 위해 협조하자, 태준아.
태준	아지매들 로맨스? 아지매가 무슨 로맨스야?
강영자	태준아, 아지매도 로맨스해. 할매 할배도 하는데 아지매가 와 몬해?
태준	누나 니 약 묵었나?
강영자	어. 사랑의 묘약.

일동, 갑자기 달라진 강영자의 태도에 기쁨 반 의심 반.

회장, 허둥지둥 달려온다.

회장　됐심더, 됐어예.

일동　뭐가예?

회장　군수가 시장 주차장 확장 해주겠답니더. 그리고 편의시설
도 마련해 주겠답니더.

사람들 좋아한다.

강영자　고 내용으로 홍보부터 하입시더.

회장　일단 전단홍보부터 시작할랍니더. 주차장 편의시설 완비.
보고, 먹고, 사고, 쉬고.
싱싱하고, 신선하고, 다양하고, 싸고.
4플러스4. 덤은 기본, 인정은 공짜. 행복은 온누리에.

조영자　회장님~ 인물만 좋은 줄 알았는데, 아이디어도 뿜뿜하
네요.

장영자　오늘도 후광이 짱짱합니더.

회장　영자아지매들의 응원 덕분입니더. 앞으로도 믿고 달려보
겠습니더.

장영자　야는 믿으모 안 됩니더. 시장 잘 되모 세 놓고 떠날 사람이
라예. 맞제, 조영자.

조영자　내 인생진로를 와 니가 결정하는데?

장영자   아까 그랬잖아.

조영자   맘 바꼈다.

장영자   와?

조영자   (장영자에게 속삭이듯) 로맨스가 있잖아.

장영자   (경계하며) 오데?

조영자   (속삭이듯) 우리 회장님 그리고 찰스. 오늘부터 미모 업그레이드 작전 들어간다.

회장   조영자 아지매가 전단 모델 하는 거 어떻습니꺼?

장영자   나는 반댈세.

조영자   와? 내 시장 최강미모.

장영자   우리 시장 홍보전단 모델은 시장의 상징이 해야제.

조영자   회장님?

장영자   오데. 강영자.

강영자   됐다. 내는 그런 거 싫다. 시장 사람들 중에 할라모 장영자로 하입시더. 앞치마 두르고 전 주걱 들고 (전 뒤집는 시늉) 팍팍….

조영자   미모도 중한기라. 너그들은 머리는 쑥대머리고, 얼굴은 기미가 자글자글….

태준   우리 강영자누나 꾸미모 말도 몬하게 예뻐. 어릴 때 사진 보면 미스코리아 뺨친다카이.

조영자   어릴 때 미스코리아 뺨 한 번 안 친 사람 있으모 나와보라캐. 문제는 지금이야. 롸잇나우!

회장   안만해도 오디션 해야것네예. 당장 오늘 게시판에 공고문 올리겠습니더. 모델비도 책정해가 올리겠습니다.

일동 모델비도 줍니꺼?

회장 초상권이 있는데 당연하지예.

태준 (흥분) 오디션 심사는 누가하는데요?

회장 거기사 상인회장인 내가….

일동 닥쳐!

회장 아이쿠야. 내 몰매 맞은 깁니꺼? 그라모요?

장영자 상인들 전원 투표!

태준 동의합니다! 그라고 꼭 여자만 도전해야 하는 건 아이지예?

회장 와? 태준이 니도 해볼라꼬?

태준 저도 시장 사람입니더.

강영자 모두 도전하모 축제가 되겠네예.

회장 축제 좋다. 지역 신문사에도 알리고 SNS홍보도 해야것다.

강영자 시장이 살아야 시장 사람들이 살고 시장 사람들이 살아야
내도 산다. 우리 다같이 다시 한 번 달려보자.

조영자·장영자 달려보자!

태준 내도 한 번 해보꾸마!

회장 내는 가가 오디션 준비하께요. (가며 시장 정리한다) 아지매,
통행로에 좌판 집어넣어요. 사람들 댕기는데 불편하모 재
래시장 안 온다카이. 질서질서 규칙규칙….

장영자 우리 회장님, 남자다이.

조영자 찬스야? 회장님이야?

장영자 내 좋다카는 놈.

서로 경계하는 가운데,

암전되면서 탱고의 선율이 흐르기 시작한다.

탱고 아카데미 회원(멀티걸 扮) 나와 멋진 자태를 보여주는 가운데,

6장. 여인의 향기

탱고의 선율에 따라 남녀가 탱고를 추는 영상이 흐르고 있다.

그 모습을 지켜보는 찰스. 실내임에도 선글라스를 쓰고 있다.

영화 '여인의 향기'에 나오는 여인처럼 드레스를 입고 화려하게 변신한 여인(강영자), 눈 가면을 쓰고 등장. 와인을 건네는 찰스.

수줍어하며 와인 잔을 받는 강영자.

찰스　　탱고를 배우고 싶지 않나요?

강영자　춤 못춰요.

찰스　　내가 가르쳐 드리죠. 원하신다면.

강영자　글쎄요….

찰스　　(다가와) 실수할까봐 걱정되나요?

강영자　그건….

찰스　　탱고는 실수할 게 없어요. 인생과는 달리 단순하죠. 탱고는 정말 멋진 거예요. 만약 실수를 하면 스텝이 엉키고 그게 바로 탱고죠. 한 번 해봅시다.

강영자　(주저한다)

찰스   (다시 손을 내밀며) 샬위 댄스?

그 사이, 멋진 신사복의 가면 쓴 남자 태준이 등장해 영자의 손을
나꿔챈다.
찰스, 머쓱해지고, 조영자와 장영자 역시 아름답게 꾸미고 등장해,
저마다 찰스에게 매력을 어필하려 한다.
그 사이, 멀티걸이 태준을 나꿔채다시피 해 리더한다.
영자, 스테이지에서 비켜서서 지켜본다.
찰스, 영자에게로 다가가려는데, 서로 찰스를 차지하려는 조영자
와 장영자, 그들의 실랑이 중에 찰스의 선글라스가 벗겨진다. 찰스
의 눈 흉터에 경악하는 두 사람. 영자, 그제야 확신한다. 그가 철
수인 것을.

강영자   (그간의 그리움과 서운함과 답답했던 것이 폭발) 무슨 수작이야?
찰스   약속 지키려고.
강영자   30년 만에?
찰스   시간이 흘렀어도 지키기를 포기하지 않았다면 그 약속은
　　　　유효하지 않을까?
강영자   너무 오래되어 세파에 찌들리고, 상처투성이가 되어 시궁
　　　　창에 박혀 생명력을 잃었는데도?
찰스   진흙탕에서 연꽃이 피듯이 시궁창에서도 부활할 수 있어.
　　　　믿음만 있다면.
강영자   꿈 깨.

찰스　　진짜 꿈은 잠에서 깬 후에야 완성된대. 나는 잠에서 깨어
　　　　났고, 이제 내 꿈은 완성되어야만 해.

강영자　꿈 깨!

찰스　　억지로는 나도 반대야. 지은 죄가 있으니 강요할 순 없지.
　　　　(돌아서 퇴장하려 한다)

모두가 정지한 채, 강영자를 본다.

태준, 강영자의 손을 잡아 자기에게로 당긴다.

강영자, 태준이 안으려는 순간, 뿌리치고 달려가 찰스를 백허그
한다.

이 장면은 슬로우비디오처럼 처리된다.

두 사람이 백허그 하는 순간 일순 정적. 잠깐 사이. 영자, 찰스를
되돌려 세운다.

서로를 마주하는 두 사람. 강영자, 피하지 않는다.

가면을 벗어 던지고 찰스의 얼굴을 양손으로 감싸는 영자. 그를
스테이지로 이끈다. '여인의 향기' 탱고 장면영상과 음악이 배경으
로 흐르고, 두 사람의 춤이 시작된다.

조영자·장영자 (축복의 미소) 아지매 로맨스 성공~ (하이파이브)

태준　　(뿌루퉁해) 실패!

조영자, 그런 태준을 나꿔채 춤을 추려 한다. 태준, 앙탈 부리다
리더 당한다.

장영자, 의미심장한 미소. ("회장님은 내 끼네…ㅋㅋ").

강영자와 찰스가 탱고의 마지막 장면을 격하게 표현하는데서,

암전.

에필로그

암전과 동시에 프롤로그의 영상(새벽시장의 경매 풍경과 시장풍
경)이 재현되는 가운데,

막.

한국 희곡 명작선 152

아지매로맨스 – '新영자의 전성시대'

초판 1쇄 인쇄일   2023년 11월 20일
초판 1쇄 발행일   2023년 11월 29일

지 은 이   국민성
만 든 이   이정옥
만 든 곳   평민사
　　　　　서울시 은평구 수색로 340 〈202호〉
　　　　　전화 : 02) 375-8571 / 팩스 : 02) 375-8573
　　　　　http://blog.naver.com/pyung1976
　　　　　이메일 pyung1976@naver.com
등록번호   25100-2015-000102호
ISBN   978-89-7115-122-8   04800
　　　　　978-89-7115-663-6   (set)
정 　 가   9,500원

이 책은 사단법인 한국극작가협회가 한국문화예술위원회의 2023년 제6회 극작엑스포
지원금을 받아 출간하였습니다.

한국 희곡 명작선